MW01171626

El cacomixtle

Guadalupe Becerra

El cacomixtle

Coffee Books

El cacomixtle

Guadalupe Becerra
1ª Edición – 2023

Coordinación Editorial: Jaqueline Moura
Portada y maquetación: Daniel Rebouças
Diseños: Olga Fabila
Revisión: Eliesheva Ramos
Foto: Dinorah Avila

Copyright 2023 © Guadalupe Becerra
Todos los derechos reservados.
No se puede reproducir ninguna parte de esta publicación,
ya sea por medios electrónicos, mecánicos, fotocopias o de
cualquier tipo sin el permiso previo por escrito del autor o de la editorial.

Coffee Books

Copyright 2023 © Coffee Books Editorial.

CNPJ: 41.042.478/0001-61
www.coffeebooks.com.br
info@coffeebooks.com.br

Seis relatos en los que la realidad parece narrada por la fantasía. Un sitio literario que te hará descubrir que lo cotidiano siempre se llena de símbolos y fantasmas que nos habitan. Las horas se harán minutos mientras habiten el mundo que nos presenta Guadalupe.

Olga Fabila

Leer a Guadalupe aligera el camino, pues te mantiene con una sonrisa. Existen libros que terminan con el punto final, pero El Cacomixtle revolotea en tu cabeza como esas abejas que podrían convertirse en adornos para el cabello. Finalicé su lectura, pero sigo pensando cuántos duendes habrá en mi árbol genealógico. Siempre estaré en deuda con los escritores que agitan mi mente y me llevan, casi de la mano, a su mundo íntimo.

Eliesheva Ramos

Se dice en el medio académico que los buenos escritores son cada día más difíciles de encontrar y aunque quisiera contradecir dicha sentencia, el hecho es que, en mi jornada como editora de libros, he visto a muy pocas Guadalupes Becerras… El Cacomixtle es la prueba de que los tesoros, aunque raros, ¡sí existen! Sus seis cuentos son un verdadero deleite para el alma, que ríe, se ahoga y se regocija al verse sumergida en una escritura con tanta calidad y belleza.

Jaqueline Moura

El alacrán

Desde tiempos inmemoriales, los alacranes han tenido la costumbre de buscar lugares cálidos para esconderse y pasar un rato agradable sin ser molestados. Resulta difícil saber cuándo saldrán de sus escondites a tomar aire o un poco de sol para broncearse; la experiencia demuestra que pueden cobijarse en las comodidades de un colchón, de los muebles o de la ropa como si fueran huéspedes bien vistos, en lugar de resignarse a vivir en los techos de las casas o debajo de los puentes, donde sería más fácil aceptar su presencia, siempre y cuando su representante firmara un papel donde los miembros de su especie se comprometieran a tener una conducta pacífica hacia nosotros, los humanos.

Lo digo porque me resulta complicado estar en el séptimo mes de embarazo, pensando en cómo será el bebé que llegará próximamente (si estará de acuerdo con los preparativos para su nacimiento, cómo le quedarán los colores que he elegido para su guardarropa o qué pensamientos cruzarán por su mente cuando conozca a su madre, quien hace todo lo posible por triunfar en la vida, aunque a simple vista no lo parezca), para todavía enfrentar la molestia de descubrir un alacrán instalado en el cuarto, donde planeo dormir junto a Bebé, libre de molestias.

La historia comenzó cuando mandé colocar una cortina enrollable en mi habitación; un artefacto de los que instalan la oscuridad y no dejan pasar ni gota de luz, lo que convierte a las habitaciones en cuevas y a sus habitantes en vampiros.

La decisión surgió porque le he dado vueltas al asunto y me gustaría ser una madre responsable, siempre y cuando Bebé haga las tareas que le corresponden, como por ejemplo dejarme dormir al menos ocho horas diarias, de preferencia sin interrupción. La cortina está planeada para ayudar a Bebé en el cumplimiento de sus deberes, haciéndole creer que a cualquier hora es de noche para que cierre sus pequeños ojos y podamos descansar a pierna suelta, sin preocupaciones. Lo que llamo la imagen perfecta de la maternidad, una estampa digna de portada.

Sobra decir que ordené la instalación de aquella cortina un par de meses antes del nacimiento para asegurarme de que funcionaría correctamente. De ninguna manera podía delegar el control de calidad; era necesario que yo misma estrenara el artefacto con anticipación para decidir si evitaba la entrada de luz o si eran necesarios ciertos ajustes, pues los imprevistos e inconvenientes tienen la extraña costumbre de caer sobre los asuntos más queridos y golpear la piedra angular donde reposan las expectativas más anheladas.

Hablando en confianza, el control de calidad constaba de varias etapas, siendo la prueba de fuego dormir a plena luz del día para comprobar que todo estuviera en orden, con los engranajes que harían posible que la posible rutina funcionara como reloj suizo. No en vano, aseguran los expertos, una madre siempre se sacrifica por sus hijos.

A simple vista no había ningún problema. Pasaba el tiempo, y cada vez que subía o bajaba la cortina, instalaba la oscuridad o la luz. Estaba comprometida con la realización de aquella tarea, igual que campanero de catedral. En mis manos tenía el poder para convocar a las sombras o para darle una cordial bienvenida a la luz.

Cabe mencionar que del otro lado de la ventana intermitente hay un jardín con los elementos esperados: pasto verdadero en lugar de sintético, un par de árboles en crecimiento y una población suficiente de animalillos (insectos, para hablar con propiedad). Más que un paraíso, es simplemente un lugar pensado para despejar la cabeza mediante la observación de las transformaciones cíclicas de la naturaleza, que atraviesa etapas de bonanza o estancamiento, dejando a un lado la fragilidad de las emociones que reposan en el anhelo de una eterna primavera.

Hablando de vegetación, conviene saber que la casa está ubicada a las orillas de la ciudad, rodeada de sembradíos. Además, recientemente ha llovido a cántaros, como si el cielo tuviera la intención de caer sobre nuestras cabezas, a pesar de que hacía tan solo un mes las noticias aseguraban que estábamos atravesando una de las más graves épocas de sequía de los últimos tiempos.

Advertían que la gravedad del asunto era tal que nos convertiríamos en un país desértico de la noche a la mañana. Creo que los noticieros buscaban generar pánico para que los ciudadanos tomáramos el asunto con la seriedad necesaria, suponiendo que estuviéramos preparados para saber qué hacer en semejante situación. Las autoridades dejaban en nuestras manos la tarea de ajustar el clima del planeta, dando por sentado que existía a nuestro alcance un botón mágico para lograrlo.

Entonces, en cuestión de días, brincamos del desierto a la selva, sin que eso fuera motivo de felicidad, pues con tanta agua esta vez las noticias aseguraron que las presas estaban a su capacidad máxima, a punto de reventar. Si acaso eso sucediera, podíamos estar seguros que seríamos testigos de nuestro propio hundimiento, igual que los habitantes de la Atlántida lo fueron en su momento.

Con el cambio climático algunas personas comentaron que los noticieros tienen el hábito de ser volubles. Los titulares de hoy sin duda serán diferentes a los de mañana, lo que debe considerarse mientras la memoria sea capaz de funcionar.

Gracias a la visita de las aguas intensas, el jardín y los sembradíos crecieron a mayor velocidad de lo planeado. Se estiraron con el vigor propio de la adolescencia, con la prisa que sienten quienes quieren conquistar el mundo; con semejantes esfuerzos lograron que la marea verde se apropiara del horizonte, reflejando en nuestros ojos una imagen de humedad.

Una buena noche, cuando terminé mis deberes y quise reposar para olvidarme tanto de la sequía como de las inundaciones, pues la naturaleza tiene reglas que me declaro incapaz de comprender, en medio de bostezos quise bajar la cortina para evitar la luz matutina, pero contra todo pronóstico el artefacto se estancó sin darme ninguna explicación. Lo que llamo una tragedia. Mi flamante adquisición estaba atascada, aunque durante el tiempo que llevaba instalada no había tenido ningún desperfecto, lo que hasta entonces me hizo sentir algo parecido al orgullo, para después regalarme la frustración más profunda que recuerdo haber experimentado en mi edad adulta.

Me quedé sumida en la confusión, observando la escena mientras rascaba mi cabeza. Por un momento pensé que era mi culpa, que quizás había realizado un movimiento brusco, que las estrellas estaban desalineadas para mi signo zodiacal, o que después de todo, era el momento de aceptar que la cortina era de mala calidad y más me valdría tirarla a la basura para asegurarme que nadie más la rescatara, sin importar las horas de felicidad que me había regalado.

Al final ganó la cordura. Acepté que ninguna explicación lograría que la cortina se moviera un solo centímetro. Tuve que acostarme con la certeza de que al día siguiente recibiría un río de sol en plena cara. Para mí, sonaba como un castigo.

La mente es una herramienta tan poderosa como las fantasías que produce. Cuando cerré los ojos, soñé que la cortina funcionaba, que la oscuridad me abrazaba con un sentimiento parecido a la simpatía y que no había en todo el planeta ninguna fuerza capaz de sacarme de la cama. Sin embargo, debo admitir que también la realidad tiene sus propios ejércitos y que están bien organizados, bajo las órdenes de un mando admirable. A primera hora de la mañana desperté, incapaz de ignorar la luz que brincaba por mi rostro mientras me preguntaba si acaso estaba lista para madurar.

Sabía que me ubicaba en uno de los puntos más agudos de mi existencia. Debía ser creativa y arreglar el problema sin demora o resignarme a que Bebé, cuando aterrizara entre mis brazos, distinguiera cuándo estábamos en los dominios del día y cuándo pisábamos los territorios de la noche.

En tal supuesto, Bebé ajustaría su reloj biológico para exigirme por las mañanas que saliéramos de las colchas para descubrir su nuevo mundo, aunque tarde o temprano, gracias al peso de las experiencias adquiridas a través de los años, ganaría el conocimiento suficiente para darse cuenta de que, a pesar de las ilusiones o esperanzas que trae un nuevo día, nada se compara con el placer de dormir.

En el momento indicado, Bebé apreciaría la fabulosa experiencia de perder el control en sueños, aunque de modo paradójico, por tratarse de un mecanismo casi milagroso, manteniendo la seguridad de que nada malo sucedería por quedar siempre a nuestro alcance la opción de abrir los ojos para despertar. En especial, considerando que tomar la decisión de renunciar a permanecer dentro de un mal sueño está lejos de contar como suicidio. Por lo tanto, es un tema que pasa de largo para las voces más intolerantes de la sociedad.

Era probable que, en algún momento de su vida futura, cuando Bebé se fastidiara de intentar maniobras de resultado dudoso para mejorar su existencia, terminara por resignarse a buscar tareas de ejecución más sencilla. Entonces, se pondría ropa de dormir para después cubrir su cuerpo con sábanas. Mi trabajo era sencillo: solo debía ahorrarle las incomodidades que genera una vuelta pronunciada, el trazado de un círculo innecesario en la ruta de su destino.

A pesar del trágico panorama, recordé que por la tarde recibiría la visita de una sobrina, quien acababa de entrar a la universidad, pero mantenía libertad de movimiento porque tomaba clases a distancia, desde la pantalla del celular, sin importar en qué punto del planeta estuviera (cosas extrañas que la gente moderna puede hacer gracias a la tecnología).

Mi sobrina tenía el hábito de visitarme por las tardes para saludar, aunque también para ayudarme con algún pendiente que amenazara con salirse de control. Eso podría dar la falsa idea de que me falta madurez para resolver los imprevistos que se presentan, y que mi sobrina, a pesar de su juventud, ha conquistado mayor juicio, pero la verdad es que cada una tiene apenas medio criterio, así que al juntarnos por las tardes, teníamos la esperanza de reunir entre ambas un criterio completo que nos permitiera enfrentar de manera decorosa las dificultades y obstáculos que nos causaban molestias (objetivo que, confieso, rara vez alcanzábamos, a pesar de nuestros esfuerzos).

Mi sobrina se presentó en la puerta, puntual a la cita para rescatarme. Bueno, en realidad ignoraba que me rescataría, pero de cualquier modo agradezco su gesto. Estudiaba la carrera de Nutrición y por las mañanas trabajaba en un gimnasio como asistente administrativa, aunque también ensuciándose las manos de vez en cuando para apoyar a los clientes en el diseño de rutinas de ejercicios con el objetivo de marcar sus piernas, brazos o abdomen, dejándolos listos para presumir un cuerpo escultural, suponiendo que no murieran en el intento.

En aquella ocasión se presentó cuando todavía estaba en horario escolar. Observaba la pantalla de su celular como si estuviera hipnotizada, como un zombi frente a su comida. Ese detalle no me impidió interrumpirla. Toqué su hombro para hacerle ver que tenía una urgencia. Ella desvió su mirada apenas un segundo para preguntarme con las manos qué sucedía.

Me sentí incapaz de transmitirle con palabras la magnitud de mi tragedia, así que le pedí que me acompañara hasta las profundidades de mi habitación, en donde todo se revelaría por sí mismo. Apenas dio el primer paso cuando decidí que no correría riesgos y la jalé de la manga de su playera durante el resto del camino para asegurarme de que no escapara a ningún sitio.

Caminaba junto a mí como prisionera rumbo a la silla eléctrica mientras escuchaba su clase y aprendía los fundamentos de la nutrición. Parecían dos diferentes personalidades en un solo cuerpo, cada una enfocada en sus respectivas prioridades y manteniendo suficiente distancia o respeto hacia la existencia de la otra, porque así funciona el mundo en que nos tocó vivir: está fragmentado, y en esas condiciones debemos aceptarlo.

Al entrar a mi habitación, preguntó con señas cuál era el problema, haciendo hincapié en que todavía no era momento de dormir. Debido a un sentimiento de urgencia me acerqué lo suficiente a la ventana y tomé la cadena entre mis manos para intentar subir o bajar la cortina, daba lo mismo, pues no había ningún avance. No sé cómo explicar con las manos que algo está atascado, pero mi sobrina me entendió. Colocó su celular sobre mi cama, con la cámara encendida, aunque dirigida hacia el techo. Me pidió un banco para ganar un puesto que le permitiera revisar la situación sin intermediarios.

Creo que pasar las mañanas en el gimnasio ayuda a estar en buena condición física, y mi sobrina hizo lo posible por dejarlo claro. Realizó un par de movimientos con auténtica agilidad, como si fuera un tigre subiendo por el monte, y desde su nueva posición observó el mecanismo de enrollado de la cortina para realizar un par de ajustes. Nada complicado, en realidad pude hacerlo yo misma, pero hay que recordar que mi embarazo me lo impedía. No era muy seguro treparme a bancos con un vientre de siete meses. En mi interior se alojaba una nueva persona y eso alteraba mi centro de gravedad. Corría el riesgo de perder el equilibrio y lastimarme.

Además, había llegado a una etapa de la gestación en la que me costaba trabajo realizar cualquier actividad física, incluso acostarme. Y ni hablar de los sueños, que durante el embarazo suelen ser más impredecibles que de costumbre, lo que de algún modo también provoca incomodidad.

Aunque la presencia de mi sobrina me daba seguridad, y al verla trabajando concentrada confiaba en que pronto se solucionaría el problema, después de que realizara un par de movimientos mientras yo le ayudaba en silencio y le enviaba buena vibra, la cortina seguía atascada.

No entendíamos los motivos de nuestro fracaso: mi sobrina metía sus manos por todos los rincones, subía o bajaba con ligereza del banco y de vez en cuando se asomaba a la cama para buscar la pantalla de su celular, donde observaba por un momento las novedades escolares, aunque daba la impresión de que todo marchaba según el programa, aun sin su presencia.

Nuestra situación tampoco avanzaba. Admito que la cortina se movió unos pocos centímetros tan solo para ilusionarnos y volver a estancarse. Quizá era momento de aceptar que no estábamos capacitadas para esa misión y que necesitaríamos la intervención de un especialista.

Entonces, rozando la desesperación, mi sobrina tomó medidas extremas y aplicó una nueva técnica. Con un poco de presión adicional, haciendo gala de la fuerza bruta que había ganado después de una temporada en el gimnasio, y corriendo el riesgo de romper el mecanismo, arreglamos nuestro problema (mi sobrina con sus manos y yo tan solo parada junto a ella).

Tras un par de ajustes y unos golpes en el mecanismo de enrollado, mi sobrina dejó caer todo su peso sobre la cadena. Estuvo a punto de colgarse de ella, hasta que las leyes físicas hicieron su tarea y se escuchó un ruido seco. Solo entonces la cortina se movió en ambos sentidos. El asunto estaba solucionado. Era momento de festejar una victoria más en nuestra carrera de triunfadoras por casualidad.

Fue ahí cuando notamos que algo pequeño salió volando de la parte alta de la cortina, algo que seguramente había provocado el problema. Lo vi con mis propios ojos, y también observé en cámara lenta que el objeto diminuto volaba hasta alcanzar el punto máximo de su trayectoria y después comenzó su descenso hasta la punta del zapato deportivo de mi sobrina. Ella se agachó con curiosidad para descubrir qué era, y entonces gritó con todas sus fuerzas que se trataba de un alacrán.

Apenas pronunció la palabra maldita cuando entre ambas armamos un escándalo, como si de nuestras bocas salieran piedras volcánicas. De hecho, mi sobrina tuvo el impulso de sacudirse para liberarse cuanto antes del enemigo… en resumen, lo pateó con fuerza. Más tardó Alacrán en aterrizar sobre su zapato que en volver a surcar los aires con la máxima presión, como un cohete espacial.

Parecía una buena respuesta, hasta que nos dimos cuenta que no teníamos la menor idea de dónde había caído aquel intruso. Aunque la luz de la habitación estaba encendida, parecía que nos encontrábamos perdidas en plena oscuridad. Por donde se analizara era difícil resistirse a la histeria: Alacrán podía estar acurrucado entre las colchas de mi cama, escondido en la madera de la base, avanzando en silencio por las orillas del piso, aferrado a cualquier rincón de la pared, metido entre las páginas de algún libro, quizá incluso colgando de nuestra ropa o paseando felizmente por nuestros cabellos. ¿Cómo íbamos a saberlo?

Mientras buscábamos alguna pista que revelara su escondite, en medio de nuestro pánico llegamos a la conclusión de que la presencia de tanta lluvia y vegetación había provocado aquella terrible visita. La naturaleza nos había enviado un regalo desde las profundidades de su alma, como si fuera la antítesis de una flor. Era un detalle extraño, porque la gente asegura que cuando hace calor es época de alacranes, pero entonces también la lluvia los propicia; así que podemos concluir que todo el año, dejando a un lado el termómetro, es temporada de alacranes.

Considerando que el clima se había vuelto loco, no quedaban tantas opciones que nos brindaran seguridad.

Estábamos tan nerviosas que fuimos víctimas de alucinaciones; experimentamos la clara sensación de que Alacrán avanzaba sobre nuestra piel, que recorría cada centímetro con la confianza de un amigo indiscreto. Nos sacudíamos constantemente, con la esperanza de alejar al huésped imaginario, y al hacerlo soltábamos pequeños gritos mientras movíamos nuestras manos como si se tratara de un nuevo paso de baile. También recordamos que, según la sabiduría popular, una embarazada adquiere unas defensas increíbles y es capaz de soportar cualquier ataque, incluso una picadura de alacrán sin que eso le provoque más que cosquillas. Pero la verdad es que no confiaba en aquel rumor de invencibilidad y ni siquiera estaba interesada en averiguar qué tan cierto era.

Por motivos que desconozco, mi sobrina parecía sentir culpabilidad por encontrarnos en aquella situación, por lo que intentó calmarme diciendo que no permitiría que nada malo me sucediera, que estaba dispuesta a defender con todas sus fuerzas a una mujer embarazada y que prefería morir antes que traicionarme o abandonarme. Por un momento la imaginé como un Sancho Panza moderno con ropa deportiva y en buena condición física.

El miedo nos devoraba, parecía que la única solución era perder la conciencia, tomando antes la precaución de buscar un sitio cómodo para soltar el peso de nuestros cuerpos. En eso estábamos cuando la vista de mi sobrina cayó sobre un punto cualquiera y por casualidad distinguió el perfil inconfundible de Alacrán. El descubrimiento iba acompañado de una vibra de alerta que tocó su fibra más sensible, a pesar de que el animal estaba inmóvil, medio adormecido, quizá incluso moribundo por los movimientos de la cortina aplastando su cuerpo.

Después de volar, Alacrán se había quedado pegado a la orilla de un librero, ubicado junto a la cama, intentando recuperarse. Estaba prácticamente derrotado, a punto de agitar la bandera blanca (si hubiera tenido suficientes fuerzas), pero eso no impidió que mi sobrina lo viera en su imaginación como un monstruo terrible, emparentado con los dinosaurios.

Olvidó al instante su promesa de defenderme. Resultó ser un compromiso vacío; pude ver que mi compañera de aventuras se alejaba corriendo a máxima velocidad. Incluso abandonó su celular, sin importarle sus clases. Nunca he pensado en mí misma como una mujer indefensa ni paralizada por las amenazas del entorno. Admito que tengo algunos defectos, vicios de personalidad, y que también soy propensa a cometer cierto tipo de errores, pero no soy débil ni víctima de las circunstancias.

Sin pensarlo dos veces, y a pesar del tamaño de mi vientre, la adrenalina se apoderó de mí. Logré agacharme con suma flexibilidad hasta tocar el piso con mis rodillas. En esa posición, comencé a moverme ágilmente, como si estuviera en plena maniobra militar.

Obviamente iba armada, pero en vez de fusil, empuñaba una chancla.

Me acerqué al librero para quedar frente al enemigo, viéndonos cara a cara mientras de fondo sonaba la música de una película del viejo oeste. Nos preguntamos en silencio cuáles eran los motivos por los que la vida nos había hecho coincidir, cuando hubiéramos preferido seguir nuestros respectivos caminos, sin la penosa necesidad de encontrarnos en el campo de batalla. Desvié la mirada hacia un par de libros, pero luego recordé que la realidad exigía mi atención, así que dejé el análisis literario para otro momento.

Decidí actuar rápido: me armé de valor y realicé un solo movimiento, letal.

Apenas podía respirar. Le indiqué a mi sobrina que regresara a la habitación. Escuché un ruido que se acercaba por el pasillo, arrastrándose al ritmo de cadenas, hasta que una cabeza se asomó por la puerta y pude ver que su rostro estaba pálido por el miedo, aunque al mismo tiempo exhibía manchas rojas de vergüenza. Mi sobrina se dirigió hacia la cama, tomó el celular y murmuró algo parecido a una disculpa. Aseguró que no tuvo intención de abandonarme, pero que una sensación desconocida se apoderó de su cuerpo, sobre todo de sus piernas, dándoles vida propia. Le hice ver que no había motivos para sentirse mal, que por mi parte no existían resentimientos.

¿Cómo podría enojarme con ella cuando había logrado que se instalara una vez más la oscuridad?

El colibrí

Dicen que en Ecuador se encuentran los colibríes más grandes del mundo, y que al resto de los países nos toca conformarnos con ejemplares más pequeños (que, de cualquier modo, son maravillosos).

Dicen también que los colibríes son capaces de volar hacia atrás, con tanta habilidad que casi nunca chocan, y que la velocidad de su aleteo sería digna de carrera olímpica si existiera una categoría especial.

Finalmente, algunas personas aseguran que su visita simboliza la presencia de seres queridos que partieron hacia otra existencia, más allá de este plano material, pero que encuentran el modo de acercarse para recordarnos que nos acompañan y que hacen lo posible por ayudarnos cuando sus deberes lo permiten.

Quién sabe qué tanto haya de verdad o de fantasía en tales afirmaciones. Lo que puedo compartir por haberlo visto con mis propios ojos es que de un tiempo a la fecha he recibido constantemente visitas de colibríes y no he tenido la oportunidad para preguntarme el motivo. ¿Qué sentido tiene romperme la cabeza buscándole explicaciones a la felicidad? Suficiente trabajo tengo con pensar porqué las estrellas vuelan o porqué algunas personas son incapaces de hacerlo como para todavía resolver otro enigma de los que abundan aquí, en el *Valle de los Misterios*.

Cuando era niña, vivía en una casa con un jardín amplio. En repetidas ocasiones descubrí la presencia de estos pájaros volando por los alrededores, anidando entre las ramas, preparándose para el nacimiento de sus pequeños. Cuando los polluelos salían del cascarón, sus padres los alimentaban. Llegado el momento les enseñaban a volar y un buen día partían juntos sin que nadie les pidiera requisitos para cruzar fronteras, como por ejemplo algún papel adornado con sellos con sus fotografías impresas y tomadas desde un ángulo en que los picos permitieran distinguir con claridad sus ojos.

Después crecí, a pesar de mis prejuicios contra quienes lo hacen. Por algún motivo mi familia se mudó a otra casa en donde reinaba el concreto. Sobra decir que los colibríes desaparecieron por la nadería de que en la nueva vivienda no había sitio para ellos. Sin tomar en cuenta mi opinión, por el simple hecho de que debido a mi edad eran otros quienes decidían por mí, mi existencia dio un giro drástico. Me vi obligada a pasar los días en un entorno humano, sumergida en ocupaciones rutinarias, pateando piedras para divertirme y bordeando la soledad por mero pasatiempo, porque era imposible comunicarme con quien fuera.

Debo admitir que no guardo tantos recuerdos de esa etapa, quizá por la falta de contacto con los animales o con la vida salvaje, ¿y qué otra cosa podría distraerme? ¿Dónde podría encontrar aventuras que me importaran o la promesa de un cambio próximo que favoreciera mis intereses? Para mí, los animales representan el mundo que me gustaría explorar, son el símbolo de algún misterio que todavía no se me revela. A un nivel más básico, y no por ello menos importante, los animales son simpáticos, o al menos creo que son superiores a nosotros en cuanto a personalidad... ¿o animalidad, para hablar técnicamente?

En aquellos tiempos, a falta de una mejor ocupación, me enfoqué en resolver mi propia vida. Quizá era la oportunidad perfecta para meditar en las decisiones que trazarían mi camino de manera paulatina y que en algún momento terminarían por convertirme en alguien... o de preferencia en nadie, lo que permitiría que mi cuerpo se transformara en humo al abrir los ojos cualquier mañana.

Recuerdo que en algún momento me incliné por la opción de ser una persona irresponsable, renunciando a pensar en las consecuencias de mis actos, por ser la carta más fácil, la que se ubicaba más a la mano, y admito que no me arrepiento, pues resultó una opción divertida que incluso rozó lo caótico. No hubiera tenido ningún problema de permanecer ahí por el resto de mis días de no ser porque una voz interna me aseguró que mi panorama estaba incompleto, y remató su discurso diciéndome que ni siquiera era necesario que alguien más me informara lo que resultaba evidente.

Aquel Pepe Grillo en mi interior hablaba con tanta autoridad, dando la impresión de que sus palabras se respaldaban en el conocimiento de mi destino, que me vi obligada a ceder, así que después de despedirme de mi carrera como reina de lo impredecible, mi existencia dio un giro radical para convertirme en una persona responsable, lo opuesto de lo que había sido.

Admito que al principio tuve buenos resultados, aunque también noté que me aburría el uso de ese disfraz tan serio. Descubrí que una parte vital de mí estaba desapareciendo sin que pudiera entender hacia dónde se marchaba o si algún día pudiera recuperarla ni a qué precio. A esas alturas puedo asegurar que había ganado una perspectiva de ambos lados de la luna, tanto del brillante como del oscuro, y eso es algo que pocas personas pueden presumir.

Sin embargo, a pesar del maratón recorrido, la sensación de falta de plenitud en mi vida continuaba. Y entonces llegó una etapa nueva: la de mi embarazo. Es ahí donde el mapa de mi destino tiene una equis que indica el punto exacto en donde sufro náuseas y mi panza se abulta, esta vez por las razones correctas.

Es obvio que con la gravidez llegaron algunos cambios, entre ellos una nueva mudanza, otra vez a una casa con jardín, porque el mundo no puede evitar su extraña manía de girar y además las personas tenemos la costumbre de regresar a donde alguna vez fuimos felices.

Ahora que menciono ese viejo hábito de volver, es mi obligación advertir que aquí aparecen otra vez la casa junto al sembradío, la temporada de lluvias intensas y también mi sobrina (la que trabaja por las mañanas en un gimnasio y por las tardes pretende que toma clases de universidad vía remota desde su celular). Es momento de saludar nuevamente a nuestros amables compañeros.

Las lluvias, como ya he dicho, eran tan abundantes en aquellos días que habían logrado que el jardín exprimiera su máximo potencial y se convirtiera casi en una selva, con todos sus peligros, y que la siembra de los alrededores alcanzara una altura considerable, prácticamente la de una persona, lo que me hacía pensar si tal apariencia escondía un mensaje subliminal o una amenaza velada por parte de las fuerzas de la naturaleza.

Con el salvajismo que ganó el paisaje después de recibir la bendición de tanto alimento, descubrí una nueva diversión: me agradaba subir al carro, poner música aleatoria y vagar sin rumbo para relajarme. A lo largo de mis paseos disfrutaba viendo cómo las golondrinas entraban y salían de los sembradíos, volando al ras de la tierra con sus alas bien abiertas, como un niño que corre mientras eleva sus brazos al cielo.

Los pájaros de los alrededores tenían una fiesta privada, el sonido de su canto rozaba los límites de una aparente risa. La presencia de tanta vegetación era el anzuelo ideal para atraer a cualquier tipo de aves, invitando a la diversidad y dando pie a la abundancia de colores. En alguna ocasión observé a una familia de cotorros en estado salvaje paseando por ahí, buscando con qué alimentarse, sin pronunciar palabras, pero sin preocuparse por ello, gozando de los beneficios de la libertad y ayudando con el color de su plumaje a expandir por los aires las ondas de marea verde que envolvían nuestro ambiente.

Una tarde, fiel a su costumbre, mi sobrina llegó puntual a casa. Se presentaba con la regularidad de un evento astrológico programado en el calendario. Vestía su atuendo deportivo. Cuando nos encontramos de frente no tuvimos oportunidad de saludarnos porque mi sobrina estaba tomando sus clases de nutrición a distancia; únicamente podía mover sus ojos para comunicarse con ayuda de ellos y, quizá sea mi imaginación, pero me pareció descifrar una mirada que decía: *Hola, ¿cómo estás? ¿Lista para tener un día genial?*

Caminamos sin rumbo, igual que los grandes aventureros. Recorrimos los espacios comunes de la casa en busca de alguna novedad para distraernos del ruido que habíamos acumulado en nuestras cabezas. Estábamos resignadas a conformarnos con descubrimientos menores. Nuestros pasos eran lentos, pues el tamaño de mi vientre había logrado que perdiera velocidad y que caminara de modo extraño, similar a un pingüino en pleno ártico. Avanzando a nuestro ritmo terminamos por dirigirnos al jardín. Observamos las nubes y nos preguntamos qué rutina de gimnasio les ayudaría a conseguir una figura más atlética. Después curioseamos alrededor de los árboles.

Recordé que cierta escuela de la antigüedad clásica era partidaria de impartir conocimientos mientras el maestro paseaba junto a sus discípulos en el exterior, conversando de manera relajada para lograr que la mente se despojara de sus mecanismos de defensa y estuviera abierta, lista para recibir sin obstáculos el caudal de conocimientos. Tuve la impresión de que las clases a distancia pretendían algo similar, al permitir a los estudiantes vagar a placer mientras el maestro se explayaba para que la información se instalara en las zonas más profundas de la mente, a menos que los alumnos tuvieran tan escasa imaginación que decidieran estar sentados frente a sus computadoras igual que si estuvieran encerrados en un salón de clases, desperdiciando así las ventajas de la época moderna (que de algún modo terminan siendo parecidas a las de épocas antiguas).

A suficiente distancia de alguno de los árboles, mi sobrina y yo descubrimos con sorpresa que entre sus ramas había un nido tan escondido que a simple vista era difícil distinguirlo. Corrimos para investigar los detalles del hallazgo, pero en cuanto estuvimos cerca recibimos la visita del pájaro que lo había construido. Estaba malhumorado y con tono altanero nos advirtió que nos mantuviéramos fuera de su territorio. Era un pájaro nixtamalero, una de las especies de aves más comunes.

De cualquier modo, sin importar su actitud combativa y lo común de su plumaje, mi sobrina y yo festejamos su llegada al jardín como si se tratara de un quetzal. Era agradable recibir una visita, dejando a un lado su linaje, y nos daba gusto saber que nuestro jardín había sido seleccionado como hogar de una vida nueva.

Mi sobrina no podía realizar movimientos bruscos para expresar sus emociones, porque corría el riesgo de llamar la atención de su profesora, quien hablaba con voz pausada del otro lado de la pantalla, recalcando palabras que sonaban tan elevadas que nadie conocía su significado, así que, en vez de ganarse la atención de los alumnos, los orillaba a una siesta para descubrir el significado de su cátedra durante una estancia en el *Pantano de los Sueños*.

Ante la advertencia del pájaro nixtamalero, emprendimos la retirada para demostrarle que respetábamos su privacidad, pues finalmente aquel nido era el resultado de sus esfuerzos, fruto de las ilusiones que aterrizó en el plano material junto a su pareja. Simplemente hacía uso de su derecho de pedirnos que nos mantuviéramos a suficiente distancia.

Temíamos que nuestra presencia le molestara tanto que decidiera picarnos el rostro o atacarnos con excremento, porque los animales consideran que existen armas más letales que las pistolas; sin embargo, antes de alejarnos pudimos distinguir que había un huevo en el fondo del nido y sonreímos por la idea de recibir próximamente a un polluelo que piaría todo el día para exigirles a sus padres atención y alimentos.

Mantuvimos la falta de rumbo hasta detenernos en la cochera. Estábamos tan cansadas tras la caminata que nos sentamos en la orilla del escalón que marcaba la división entre la cochera y la parte habitada de la casa. A nuestro lado estaba estacionado un vehículo que tenía varias semanas sin moverse, quizá esperando que llegaran épocas mejores para que alguien lo tomara en cuenta. Estaba tan abandonado que en cualquier descuido comenzaría a dejar manchas de aceite sobre el piso, incluso a cobijar familias de ratones.

Nos acomodamos en busca de la mejor posición, la más cómoda para estirar las piernas, agitar los brazos, bostezar como leones, agradecer al universo por nuestras vidas y dar un ligero masaje a nuestros hombros. Estábamos instaladas en pleno paraíso, ¿qué más podíamos esperar?

Contra todo pronóstico, en franco desafío a cualquier probabilidad, en ese momento recibimos otra sorpresa. Parecía que nos encontrábamos en pleno *Día de lo Posible*, donde cualquier acontecimiento podía suceder. En medio de nuestro descanso observamos que un ave pequeñita volaba a toda velocidad en el horizonte, con movimientos erráticos, imposibles de predecir. Si queríamos mantener el seguimiento de su vuelo teníamos que renunciar a la integridad de nuestros cuellos.

Mi sobrina no estaba en condiciones de hacer movimientos bruscos, pero tampoco quería dejar pasar el momento, así que colocó su celular sobre el escalón donde estábamos sentadas, apuntando hacia el cielo, mandando a sus compañeros el mensaje de que se veía a sí misma como una nube, lista para ser arrastrada por el viento.

Creo que pocas figuras son tan fáciles de identificar como la de un colibrí. Sin importar dónde nos encontremos, dejando a un lado nuestras actividades o estado de ánimo, a su paso el mundo deja de girar y, haciendo gala de su buen juicio, se detiene por un instante para que admiremos su perfil. La velocidad de su paso vuelve difícil ignorar su parecido con una estrella fugaz; estoy segura de que más de una persona ha cedido a la tentación de pedirle algún deseo, y no dudo que el colibrí haya volado con tal petición a cuestas.

Ante la aparición, percibimos oleadas de alegría flotando en el ambiente. Aquel cuerpecito emplumado y colorido bastaba para sacarnos de los *Pozos del Aburrimiento* y convertir nuestro día en algo mágico. Sabíamos que aquella visita no duraría más que unos segundos. Ni siquiera alcanzaríamos a invitarle alguna bebida ni a preguntarle cómo había estado o qué había hecho en los últimos días. Nuestro encuentro estaba condenado a ser breve, pero suficiente.

Para mayor gloria de aquel momento, el ave decidió instalarse sobre un cable telefónico. Quizá pretendía pasar un buen momento escuchando las conversaciones ajenas, o a lo mejor estaba cansada de su vertiginoso vuelo y necesitaba recuperar energías. ¿Cómo saberlo, si ella surca el cielo y nosotras estamos condenadas a mantener los pies plantados en la tierra?

Contuvimos la respiración. Sabíamos que bastaba que hiciéramos el menor movimiento para que el colibrí se alejara y nuestra existencia regresara a la monotonía. Nos hubiera gustado desaparecer para no molestarlo. Habría sido perfecto que el colibrí hablara nuestro idioma, o nosotros el suyo, para que nos dijera exactamente qué podíamos hacer por él y así liberarnos de la carga de rompernos la cabeza. Aunque nos sentíamos distinguidas por el privilegio de aquella visita, el ambiente se fue cargando de presión hasta volverse intolerable.

¿Qué esperaba el colibrí de nosotras? ¿Cómo descifrar su presencia? ¿Estaríamos a la altura de las circunstancias? En ningún sitio nos habían enseñado qué hacer para mostrar un comportamiento educado frente a los colibríes, ningún libro ni persona se habían tomado la molestia de brindarnos las claves básicas.

Sin necesidad de comunicarnos, mi sobrina y yo estábamos seguras de que la presencia del ave era tan delicada como la rama que resiste el peso de un elefante, y que se desvanecería en cualquier momento. Solo era cuestión de parpadear para descubrir que el colibrí inclinaría su cabeza en señal de lo que fuera y se alejaría. Entonces suspiraríamos después de haber contenido nuestro aliento más allá de lo imaginable y comentaríamos nuestras impresiones el resto de la tarde.

Además, había cierta vibra que arruinaba el momento. En el celular de mi sobrina seguía sonando su clase, con las mismas palabras aburridas de la profesora; si dependiera de nosotras, habríamos abandonado la cátedra para buscar algún video con sonidos de la naturaleza, pues la voz de la profesora hablando sobre carbohidratos estaba lejos de ser el *soundtrack* ideal.

Por fin el colibrí tuvo piedad de nosotras. Tras vaciar nuestros pulmones luego del tiempo en que nos mantuvo a la expectativa, agitó sus alas y, cuando se aseguró de tener las mejores condiciones, emprendió el vuelo y se alejó del cable telefónico a toda velocidad, como un superhéroe al recibir una llamada de peligro.

Fieles a nuestra costumbre, mi sobrina y yo estábamos a punto de comenzar a sudar por la presión a que nos había sometido un ser que pesaba pocos gramos, pero debo aceptar que su partida nos provocó sentimientos encontrados: por un lado, nos sentíamos liberadas de la obligación de tener un detalle de hospitalidad hacia el huésped, sin saber con exactitud cuál y, por otro, nos preguntamos la razón de que una experiencia afortunada fuera incapaz de permanecer en nuestras vidas por más tiempo.

Buscando cualquier pretexto para evitar hablar de la frustración que sentíamos, mi sobrina tomó el celular para escuchar su clase. Su cuerpo y su rostro estaban girados hacia la pantalla, dándome la espalda, así que no tuve más opción que levantarme, sacudir mis manos y silbar cualquier tonada que atravesara por mi mente. Comencé a pasear por la cochera, recargándome de vez en cuando en el carro abandonado sin importarme que el polvo me ensuciara la ropa. La sombra de la monotonía iba dejándose caer poco a poco, fingiendo una actitud casual mientras acariciaba nuestras cabezas y se recargaba sobre nuestros hombros.

Entonces, una vez más contra todo pronóstico, el colibrí regresó al cable telefónico.

Mi sobrina se deshizo del celular con la mayor velocidad posible y volteó hacia mí con una sonrisa. Abandoné el silbido ridículo, pues me pareció el mejor tributo frente a cualquier pájaro, la mejor manera de escapar de la humillación por plagio. En realidad, éramos incapaces de comprender los motivos del comportamiento del ave; era inexplicable su ausencia lo mismo que su presencia.

Considerando el ritmo de su aleteo, no había tiempo para preguntarnos si había olvidado su sombrilla o porqué había regresado. Decidimos cooperar con las fuerzas ubicadas más allá de nuestro control y nos limitamos a permitir que la situación fluyera sin más. Nos preguntamos si se trataba del mismo colibrí que apenas se había marchado, pues vimos con toda claridad que se alejó por un rumbo, pero regresó por otro. ¿Quizá estaba jugando a tomarnos desprevenidas? ¿O buscaba divertirse con nuestras expresiones de asombro? ¿Quizá tan solo pretendía cubrir determinada superficie con su vuelo en busca de alimento? Aceptamos que carecíamos de información acerca de lo que en teoría hacen los colibríes, y tampoco de sus motivos.

Cuando notamos que veíamos negro en donde solo había blanco, y que el asunto no era tan complejo como parecía, el colibrí interrumpió las reflexiones sobre nuestro daltonismo y emprendió la retirada. Con una simple maniobra se separó del cable telefónico mientras observamos cómo el pequeño visitante voló hasta perderse en un punto para después de unos minutos regresar por un rumbo distinto.

Aunque nos tranquilizó ver que su comportamiento, por extraño que pareciera, era real, y que por lo tanto no alucinábamos, no dejaba de ser divertido que existiéramos juntos en ese instante. El colibrí se mantuvo así durante un rato, yendo y viniendo, ejecutando esa maniobra que más bien daba la impresión de ser algún baile, o quizás un juego provocador. Mi sobrina y yo observamos hasta que el cielo se cubrió de nubes y comenzó a llover. Nos protegimos de los rigores del clima en el interior de la casa, donde no tuvimos otra opción que dejar de presenciar aquel espectáculo.

Al día siguiente, mientras desayunaba y mi cabeza se ocupaba en darle vueltas a cualquier otro asunto, tomé la decisión de salir a la cochera para relajarme viendo el cielo. Cuando salí, recibí el saludo del aire en el rostro, luego envolvió mis manos, rodeó mi cuerpo, se hizo presente en cada poro de mi piel. Creo que también el aire puede considerarse una visita que no tiene la necesidad de anunciarse o llamar a la puerta; podría decir que tiene voluntad propia y es capaz de forjar sus propias simpatías.

Por mero accidente desvié la mirada hacia el cable de teléfono, como si una presencia reclamara mi atención. Al hacerlo descubrí una vez más al colibrí ¿descansando? Se me ocurrió que a lo mejor el ave tenía el plan de regresar al cable con frecuencia y que podía tomarme la molestia de buscarle algún nombre como gesto de integración a nuestro círculo y evitar que se sintiera excluido. Quizá sea adecuado referirme a él como Colibrí de ahora en adelante, para distinguirlo del resto de sus compañeros.

Aunque las cartas estaban a la vista, preferí no hacerme ilusiones ni construir historias a mi favor. Mantuve bajas las expectativas. Segundos después de haber descubierto su presencia, observé a Colibrí alejándose. Renuncié a la idea de esperar su regreso por el bien de mi salud mental, para evitar alucinaciones o una carga excesiva de nervios basada en esperanzas. Di media vuelta y continué con el desayuno, según estaba marcado en mi agenda.

Mientras comía pensaba en Colibrí, preguntándome qué podía hacer por él… entonces recordé mi compromiso y me dije que debería aceptar que Colibrí estaba en su derecho de hacer su propia vida, pues ni siquiera existía un motivo para que nuestra relación continuara. Sin embargo, pasaban los días y Colibrí seguía tomándose la molestia de regresar al cable de teléfono. Descansaba ahí por unos instantes que parecían eternos y después emprendía el vuelo.

Una tarde me pareció buena idea comentarlo con mi sobrina. Su clase estaba a punto de concluir, así que abandonó el celular y se mostró receptiva a mis palabras. Sucedió lo que me temía: después de que mi sobrina meditara un momento sobre mi historia, respondió que a lo mejor la presencia de Colibrí era la visita encubierta de algún familiar que había partido de este mundo, pero que buscaba la manera de hacer presente su afecto. Ahí estaba una versión fantástica que terminaría por lastimarnos cuando perdiera su toque misterioso.

Pero no podía evitar ser parte del juego, así que me puse a pensar en el significado de un par de alas. ¿Quizá alguno de mis abuelos tenía un mensaje para mí y había buscado ayuda de algún mensajero? ¿Alguno de mis ancestros pretendía solidarizarse conmigo a través de una presencia fugaz? Las bendiciones no transmiten mensajes específicos, así que ni siquiera necesitaba encontrar un significado exacto. Era suficiente con despojarme de barreras y aceptar un gesto amable.

La visita de ultratumba que se presentaba bajo el disfraz de un colibrí me parecía una buena explicación, algo que cualquiera desearía oír para darse importancia y justificar la altura de sus intereses, pero preferí no ilusionarme a pesar de que estaba embarazada y era el momento ideal para fantasear sobre los ancestros que tendrían intenciones de cruzar las fronteras necesarias para saludar a Bebé, curiosos sobre mi aspecto en plena gestación.

Sabía por experiencia propia que comprar una parcela en los terrenos de la fantasía cuesta demasiado, aunque a primera vista parezca que se trata del mejor negocio. Estaba consciente de que es cuestión de invertir en la autenticidad de algunas esperanzas para terminar instalándose en la ruina cuando se pretendan canjear por algún valor tangible.

Si era cuestión de creer a ciegas en lo que el corazón imaginara, en todo caso me provocaba mayor ilusión suponer que aquella visita era descendiente de los colibríes del jardín de mi infancia. Me inclinaba a suponer que coincidíamos largo tiempo después, como dos viejos amigos que se encuentran por casualidad mientras pasean por las calles de algún país extranjero y que se permiten reconocerse sin importar que estén viviendo un escenario alejadísimo de aquél donde se tuvo el primer contacto, igual que huérfanos de guerra.

También mi sobrina comprobó con sus propios ojos que Colibrí regresaba al cable telefónico una y otra vez, como si estuviera domesticado. Se sorprendió tanto que se mantuvo hablando sobre magia, milagros y cosas parecidas a falta de una mejor explicación para el fenómeno.

El ambiente se habría inundado de ilusiones y esperanzas de no ser porque un buen día, en medio de nuestros paseos por los rincones de la casa, mi sobrina y yo regresamos a la cochera, y dando vueltas sin sentido nos asomamos detrás del carro abandonado. Hacía tanto que nadie se paraba por ese lugar que sin problema pudo haber sido la fachada ideal para esconder una puerta que permitiera el acceso a dimensiones desconocidas. Quizá el vehículo guardaba tesoros piratas o algún secreto perturbador sobre el origen del universo.

Sin embargo, nosotras solo descubrimos una hilera de lavandas en pleno florecimiento, ocultas hasta entonces del otro lado del vehículo, y lo que en apariencia no era más que un montón de vegetación silvestre terminó por convertirse a nuestros ojos en la clave para la resolución de un misterio.

Esas flores eran un verdadero manjar para los colibríes, eso era lo que los tenía por ahí revoloteando.

Al acercarnos a las lavandas, las pupilas de mi sobrina se tornaron violetas. Sus manos tocaron las flores como si necesitara anclarse de algo físico para terminar de aceptar lo evidente, y en medio de su asombro comentó que ahí estaba la respuesta a nuestras inquietudes, que todo el tiempo estuvo frente a nuestras narices, pero que simplemente no éramos capaces de notarlo por nuestra falta de perspectiva, debido a nuestra información incompleta.

La postura de tintes fantásticos que mi sobrina sostuvo durante varios días desapareció en un instante sin que nos quedara claro hacia dónde se marchaba esa energía para dar paso a una visión conservadora, basada en evidencias. El cambio de pensamiento estaba marcado por cierto desencanto que se marcaba en el rostro de mi sobrina, y además el tono de su voz perdió la emoción para sonar igual que los discursos sobre el funcionamiento de algún truco de magia.

La respuesta que recibimos fue tan repentina que no había manera de asimilarla con la misma velocidad. Era necesario realizar ajustes, aunque ya quedaba claro en qué sentido avanzaríamos.

Cuando observé que mi sobrina adoptaba un punto de vista lógico, me pareció que de algún modo era injusto haber invertido tantos días en la construcción de un mundo alterno como para derrumbarlo de un solo golpe, destinándolo al espacio en donde habitan los eventos que alguna vez le dieron sentido a nuestra vida, pero terminan por avergonzarnos. Quizá nuestro pasatiempo no había sido más que un simple castillo de arena construido a pesar de nuestra edad, pues lo fugaz nunca pierde su atractivo.

Puede ser que por ese motivo le haya respondido a mi sobrina que aquellas lavandas eran la justificación perfecta de la presencia de un colibrí, pero que, en realidad, más allá de cualquier leyenda o creencia en lo sobrenatural, era posible que la visita de un ser pequeño, alado y de colores brillantes, fuera por sí mismo un fenómeno mágico.

El cacomixtle

M i madre y yo salimos de paseo con la intención de pasar la noche en las cabañas de una isla cuyo principal atractivo es que se ubica en medio del país. La isla en cuestión es una auténtica perla turística, pues al menos en teoría estaba escondida detrás de los cerros, donde nadie esperaría encontrarla, asegurando con su simple ubicación que su existencia se conserve como un secreto entre un pequeño grupo de privilegiados.

Debido a mi avanzado embarazo, y considerando que no tardaría en dedicarme a las actividades propias del recibimiento de un bebé (que pueden resumirse en calmar su llanto, aunque no queden claros los motivos, alimentarle con suficiente leche y cambiarle los pañales con más frecuencia de la que puede imaginarse), me propuse salir de viaje cuando aún podía moverme con libertad, sin atarme todavía a las responsabilidades que se asomaban como relámpagos en el horizonte.

Había escuchado del lugar desde hacía varios meses. Se trataba de un sitio que llevaba tiempo sonando en determinados círculos de personas que se inclinan por opciones vacacionales novedosas, dispuestas a dejarse sorprender por las maravillas de lo posible, así que un buen día concluí la reservación para una noche de jueves, pues los fines de semana no estaban disponibles hasta casi después de medio año, y para entonces el calendario indicaba que estaría cargando un bebé, sin opción de pensar en vacaciones durante un buen rato.

Al menos en los laberintos de mi mente se trataba de un destino interesante, que rozaba los dominios de lo exótico, aunque gracias a la experiencia, y conociendo los abusos de la publicidad, preferí mantener bajas las expectativas hasta confirmar con mis ojos si era cierto que había una isla en donde el sentido común, la lógica y el mapa geográfico marcaban tierra firme. O, si en su defecto, se trataba de información manipulada, y entonces mi madre y yo terminaríamos por emprender un viaje para dormir en medio de algún bosque, rodeadas por charcos de lluvia que pretendieran ser lagunas.

Cuando al fin llegó la fecha de nuestra aventura, nos armamos con nuestras respectivas maletas. Además, tuvimos la precaución de conseguir una hielera en donde cargamos el equipo fundamental para cualquier viajero: sándwiches y bebidas en cantidad más que suficiente para hacer llevadero el trayecto, aunque también para evitar convertirnos en caníbales suponiendo que nos perdiéramos entre cerros donde no hubiera señal telefónica.

En fin, que íbamos armadas para salir triunfantes de cualquier escenario catastrófico, conscientes de que, a pesar de que las redes sociales equiparan al turismo con el paraíso, en realidad siempre queda espacio para polizones como llanto, tropiezos o fracasos.

Sin más tardanza, listas para descubrir lo que el destino nos tenía reservado, nos subimos al vehículo y comenzamos un viaje que arrancó de manera tranquila, sin sobresaltos. Escuchamos canciones que le recordaban a mamá su juventud, cuando nunca imaginó que algún día emprendería aquella travesía junto a su hija, y platicamos tonterías que hacen la existencia tolerable, dejando los grandes temas para los especialistas. Imaginamos que al realizar una excursión de un solo día no tendríamos que preocuparnos más que por llegar a las cabañas, olvidar nuestros pendientes y disfrutar las bondades de la vida.

Si tuviera que decir algo acerca de mi madre, diría que es una mujer sumamente entrenada por ella misma para encontrar desperfectos y tragedias en cualquier situación; una verdadera cazadora de escenarios fallidos. Basta que alguien le comparta sus más profundos deseos para que los desbarate con su visión apocalíptica; para mi madre el futuro es un concepto imposible, no porque practique alguna forma elevada de meditación, sino porque todo lo que imagina encuentra su extinción en el presente. Como dato adicional, le encanta dar órdenes y mantener el control.

Durante las primeras horas recorrimos rumbos que nos eran familiares, caminos que eran más transitados que el que pretendíamos investigar, pero en cierto punto nos aventuramos por primera vez por una desviación que nos alejaba de los terrenos conocidos, tomando antes la precaución de persignarnos y también de encomendarnos a los dioses del turismo.

Mi madre activó su radar de alerta, y apenas entramos a la ruta desconocida ubicó la presencia de supuestos monstruos en donde solo había perros vagando por calles desiertas.

En algún momento entramos a una desangelada carretera de dos carriles. La soledad del paisaje lograba que nos enfocáramos únicamente en él, percibiendo sus contornos claramente. Aquella impresión arrojaba un doble efecto paradójico: por un lado, hacía que nos sintiéramos pequeñas al compararnos con su magnitud, y al mismo tiempo lograba que ganáramos seguridad al imaginar que lo impresionante de la vista era un simple reflejo de nuestras alturas interiores.

A medida que avanzábamos el camino se convertía en una prolongada sucesión de curvas que se agitaban entre cerros, haciéndonos ganar diferentes altitudes, a veces subiendo, a veces bajando, sin que por ningún lado se divisara un solo cuerpo de agua, a pesar de que el GPS indicaba que nos encontrábamos a pocos kilómetros de distancia de nuestro destino.

En medio de la confusión, se nos ocurrió pensar que el GPS nos había llevado por una ruta equivocada y opinamos que para cometer errores no necesitábamos ayuda, que éramos capaces de equivocarnos por nosotras mismas, o que probablemente no existía ninguna isla y entonces haríamos bien en adecuar las expectativas al nuevo escenario.

Fue en ese momento, al sentirnos derrotadas, cuando tras dar una vuelta pronunciada, como por arte de magia, el escenario se transformó y vimos agua en el horizonte. Cuando se me ocurrió sonreír para festejar el momento, mi madre prefirió mantener distancia y me aseguró que todavía no era momento de cantar victoria (para ella nunca existen los triunfos; el simple hecho de pensar en ellos le provoca algún tipo de alergia).

Entramos a una pequeña población de calles terrosas. El camino se mantenía irregular, así que el carro continuaba su traqueteo en medio de curvas o baches. Subimos las ventanas para protegernos del polvo, mientras nos preguntamos el motivo por el cual algún enfoque religioso pretende hacer del polvo la imagen de la humildad (*polvo eres y en polvo te convertirás*), cuando realmente hay poco de humilde en una sustancia que se filtra por donde se le antoja y se auxilia del viento para hacer su sagrada voluntad. Era curioso observar que en los estacionamientos de las casas convivían lanchas con camionetas.

Los vecinos nos observaban y al instante notaban que éramos turistas como si tuviéramos una etiqueta pegada en la frente. Nosotras nos limitamos a saludar con un ligero movimiento de cabeza o agitando las manos sin sonreír, para dar la impresión de que éramos amables, pero peligrosas.

Con la supuesta intención de ayudarme, aunque más bien para escapar de la incertidumbre que la carcomía por su falta de control, mi madre me ordenaba por dónde avanzar sin importar que desconociera las calles. Envolvía su ignorancia con exceso de palabras, creaba acertijos y además evitaba dejar espacio para recibir cualquier respuesta, aunque eso casi le impedía respirar.

Así era su estrategia para despistar a quien señalara su falta de sentido y, por alguna extraña razón, le funcionaba. Con semejantes técnicas era de esperarse que nos perdiéramos un par de veces, aunque estuviéramos cerca de la meta, pero el cielo se apiadó y permitió que halláramos la curva que desembocaría en un edificio que sobresalía del resto de las construcciones. La fachada del inmueble estaba pintada de amarillo mostaza; al instante se convirtió en color celestial.

Cuando salimos del vehículo sentimos el impulso de recorrer el sitio, pero los alimentos que consumimos durante el camino nos impedían movernos con rapidez, además de que todavía teníamos pendiente descubrir la logística para trasladarnos desde donde nos encontrábamos hasta la isla.

Era necesario que primero pasáramos por el filtro de la recepción, ubicada en el edificio amarillo, donde se aseguraron de que tuviéramos una reservación. Avanzamos a nuestro ritmo hasta encontrarnos detrás del escritorio, en donde una mujer nos dio la bienvenida junto con un par de frasquitos con gel antibacteriano, después buscó nuestros nombres entre unos papeles y nos pidió que llenáramos un formato con nuestros datos personales.

Tras una breve espera, al final de un camino de grava que hacía ruido bajo nuestros pies, una lancha de motor nos recogió en un pequeño muelle cercano al edificio.

Desde donde estábamos la isla se divisaba sin problema. El recorrido desde el muelle resultó breve como la felicidad, aunque no tanto como para pensar en hacerlo a nado, incluso teniendo buena condición física.

Cuando un par de minutos después llegamos a la isla, observamos que a manera de bienvenida se extendía frente a nosotras un camino cuesta arriba que le destrozaría las piernas a cualquiera, en especial si era una embarazada con un vientre más pesado de lo habitual.

Además, mi madre soltaba quejas a cada paso. La pobre hubiera preferido tener un par de alas para volar.

Creo que cada persona es libre de comentar sus primeras impresiones, y en este caso imagino que habrá quien asegure que se maravilló ante la presencia del agua por cualquier flanco, o ante la sinceridad del cielo abierto entre cerros, o ante los colores tan vivos de la naturaleza, pero particularmente nos llamó la atención una mancha de diversas tonalidades cafés que brincaba con insistencia debajo de un árbol, moviéndose con rapidez de un lado a otro.

Observando los movimientos de la mancha, esperando hasta que se mantuviera quieta por un momento para capturar con claridad sus líneas, mi madre y yo distinguimos por fin el perfil inconfundible de una ardilla. Al seguir observando descubrimos que no era un ejemplar cualquiera, fiel a la imagen de las ardillas que conviven con personas y terminan por mostrarse nerviosas en exceso y a la defensiva, listas para brincar sobre cualquier intrépido que se les acerque; más bien se trataba de un ejemplar confiado en su fortaleza a pesar de su tamaño, un David del reino animal con la certeza de que se encontraba en sus dominios, así que nadie se atrevería a atacarla ni pondría en duda el valor de sus talentos.

Pensándolo con calma, parecía que el animal nos consideraba intrusas en lo que veía por derecho sagrado como su territorio: el entorno natural.

Tras mirar con atención descubrimos que la ardilla no estaba sola, sino que aquel lugar se encontraba poblado por varias, quizá más que por humanos, y entonces nos quedó claro que era probable que aquella actitud orgullosa se debiera a que entre todas las ardillas formaban una cofradía o un sindicato o quizá pertenecían a una monarquía con cuyo representante tuvo que negociarse la instalación de las cabañas en aquel sitio.

Las cabañas estaban construidas con el espacio suficiente entre ellas para mantener la privacidad. Cuando nos asignaron una, lo primero que hicimos fue abandonar las maletas para observar el reloj y descubrir que casualmente era la hora señalada para la comida.

En el comedor comunitario, ubicado en el centro de la isla y accesible para cualquiera sin importar su ubicación, servían a determinadas horas el mismo menú para los huéspedes. Los alimentos eran cocinados por algunas mujeres en una pequeña cocina que se encontraba construida junto al comedor. Era importante respetar los horarios o esperar a que cayera pan del cielo, pues no había ningún otro establecimiento.

Mi madre y yo tomamos lugar en una mesa del comedor. Consumimos nuestros alimentos mientras observábamos a través de las ventanas. A lo largo y ancho del jardín podían verse ardillas que se alimentaban sin esperar determinadas horas. Bastaba con que se acercaran a los árboles y realizaran los movimientos necesarios. Las ardillas estaban ajenas a cualquier preocupación, disfrutando su propio paraíso, preguntándose porqué tendrían que compartir su espacio con los humanos, como si nosotros fuéramos la serpiente que las perturbaba.

A pesar de que era jueves, y por lo general la ocupación hotelera se incrementaba el fin de semana, la mayoría de las cabañas estaba ocupada. En el comedor solo quedaban un par de mesas libres, estando la mayoría ocupadas por grandes familias o por algunas parejas en plan romántico. También podía distinguirse una mesa donde solo había mujeres divididas en dos bandos: el de las maduras y el de las niñas, algunas casi adolescentes.

Durante la comida le hice ver a mi madre que estábamos en un lugar seguro, que nuestro bienestar se encontraba blindado, a prueba de imprevistos y que no había manera de que se arruinaran unas pocas horas de estabilidad. ¿Qué podía sucedernos mientras descansábamos en medio de la nada?

Mi madre movía sus ojos de un extremo a otro en señal de incredulidad, y más bien opinaba que debajo de cualquier piedra pueden esconderse peligros nunca vistos. Sentía pena por mi enfoque tan crédulo, se preocupaba al imaginar a un dragón volando encima de mi cabeza mientras yo percibía el aleteo de una simple mosca, incapaz de dañarnos.

Al salir del comedor, paseamos por el jardín para digerir la comida. Durante el recorrido observamos que las cabañas estaban construidas a cierta altura sobre el suelo para evitar que la madera sufriera daños cuando el agua subiera en exceso sus niveles; en el espacio que había libre entre el pasto y la cabaña había una hamaca que tenía como sombra el suelo del piso superior, así que era una gran opción de descanso. Durante la caminata también descubrimos varias filas de sábanas colgadas en un lugar abierto para que el viento hiciera su labor y las secara mientras jugaba pasando sus manos por ellas.

Volvimos a la cabaña con los pulmones confundidos por el exceso de oxígeno, preguntándose a qué se debía la presencia de aquella sustancia en estado tan puro. Tuvimos que sentarnos antes de sufrir vértigo por la abundancia de bienestar, y mientras nos recuperábamos hojeamos un folleto que ofrecía varias actividades al aire libre para pasar el resto de la tarde.

Se ofrecían excursiones a los rincones naturales de los alrededores para olvidarnos por un instante del estrés acumulado por vivir en la ciudad y canjearlo por el estrés que provoca enfrentarse a lo desconocido. Preferimos acostarnos en nuestras respectivas camas para estirar los músculos en espera de la hora fijada para la cena.

*

En aquellos días estaba entrando un huracán por el extremo sur del país, y a pesar de la distancia que nos separaba, de un momento a otro el cielo se cubrió de nubes y el agua que rodeaba a la isla empezó a mostrarse inquieta, moviéndose en pequeñas ondas, como si reflejaran el eco provocado por la voz de algún gigante escondido entre los cerros.

Sin importar el cambio repentino de clima, las ardillas seguían brincando por el jardín, buscando comida y persiguiéndose entre ellas, obedeciendo a su ritmo interno, ejecutando el baile vital que se ha venido transmitiendo a lo largo de innumerables generaciones de roedores. Para no desentonar con el resto del ambiente, mamá y yo también escuchábamos a nuestras voces internas y nos preparamos para salir hacia el comedor.

Pero antes, para refrescar nuestras ideas, recorrimos otra vez el jardín, que en realidad no era tan grande o atractivo, pero ante el aislamiento era la única opción disponible. Había una alberca pequeña en algún rincón de la isla, pero como ninguna barrera detenía las fuerzas del clima, me pareció mala idea sumergirme en el agua para recibir golpes de aire por la espalda. Decidimos sentarnos en un par de sillas ubicadas a la orilla de la piscina, en silencio, y pensar sobre cualquier tema que atravesara por nuestras cabezas.

Escuchando con detenimiento a mi cuerpo, descubrí que no me incomodaba el hecho de sentirme alejada de la civilización. Imaginé que no me molestaría vivir sola en una isla, siempre y cuando tuviera garantizados salud, techo, alimentos y quizás también la fecha de término de la experiencia, porque suele disfrutarse más lo que se sabe finito, en carrera contra el tiempo.

Me preguntaba qué hace exactamente valiosa la compañía de un grupo numeroso de personas desconocidas, más allá de la satisfacción de las necesidades básicas, cuando por otro lado existe cierta sensibilidad o cúspide de la alegría que se despierta con la vista de paisajes naturales deshabitados, donde algo indefinible, más allá de lo humano, puede mostrarse empático y dispuesto a conversar haciendo uso de una voz tolerante y profunda. Incluso llegué a pensar que las multitudes me provocan pánico, ¿cómo es posible hablar de sus beneficios cuando se ha conocido el lado amable de la soledad?

Creo que fui demasiado lejos en la construcción de mi fantasía, porque tuve que regresar a la realidad cuando descubrí que mi madre me observaba con espanto. Una vez que se aseguró de que mi mirada hacía contacto con la suya, me preguntó si era necesaria ayuda médica para aliviar los evidentes ataques de los que era víctima.

Mamá decidió que únicamente la comida podía rescatarme del abismo. Me pidió que nos dirigiéramos a la brevedad hacia el comedor, donde la situación mejoró con una cerveza, que por ser artículo de lujo estaba fuera de lo que cubría nuestra cuota de hospedaje.

El clima nos mantenía a la expectativa de que se desatara una situación mayor. Las mujeres que servían los alimentos entraban y salían del comedor para dirigirse a la cocina y regresar sosteniendo platos con idéntico menú. Coincidimos nuevamente con los huéspedes que habíamos conocido durante la tarde: el grupo extenso de familiares, las parejas románticas y el grupo formado exclusivamente por mujeres, unas maduras y otras tiernas.

Al término de la cena nos retiramos para instalarnos en el pórtico de nuestra cabaña. Estábamos satisfechas y el clima se mantenía fresco. La noche había caído y se prestaba para platicar mientras observábamos el agua que nos rodeaba, dando la impresión de que hubiéramos realizado un viaje de regreso hacia el vientre materno.

Era extraño presenciar tan poco ruido, un paisaje con tan escasa luz artificial. La oscuridad nos envolvía con su abrazo, dejando sentir su presencia mientras iba reclamando lo que consideraba su espacio. Los efectos del huracán lejano habían dejado de ser notables a nuestros ojos, incapaces de abarcar espacios extensos en plena noche.

Mamá y yo estábamos conscientes de que nos encontrábamos lejos de casa y por lo tanto haríamos bien en mostrarnos receptivas frente a nuestro entorno. Creo que así es como funcionan los viajes.

A pocos pasos de la cabaña se encontraba una pila de ramas secas y acomodadas en espera de convertirse en fogata. Debido a la falta de movimiento en los alrededores, mi madre y yo imaginamos que quizá encenderían el fuego en otra ocasión, probablemente durante el fin de semana, como parte de algún programa de actividades especiales para los huéspedes. Ignoramos las ramas y continuamos conversando sobre otros temas.

Durante algún silencio fui a la cabaña en busca de golosinas y regresé victoriosa con un puño de chocolates. Apenas abrí la mano para compartirlos descubrí que mamá estaba pálida y observaba hacia la nada con una mezcla de atención y espanto.

Seguí la línea que dibujaba su mirada. Volteé hacia el agua; me pregunté si acaso algún monstruo marino había tomado como pretexto el movimiento de la superficie para salir a dar un paseo, y estaba preparándome para recibir una sorpresa cuando vi que no había ninguna novedad flotando por ahí. El agua se mantenía sin presencias extrañas.

Tuve que buscar pistas en otro lugar, así que dirigí la mirada a sitios más cercanos y entonces descubrí la figura de un par de mujeres moviéndose a unos cuantos pasos de nuestra cabaña, aunque debido a la noche y por la falta de alumbrado parecían sombras vagabundas.

Las mujeres caminaban con lentitud, cargando en sus brazos algunos objetos que no podían distinguirse con claridad y se dirigían al sitio en donde se ubicaban las ramas. Platicaban entre ellas, porque todavía no ha nacido una mujer que carezca de conversación en sus labios, pero sus palabras morían antes de alcanzar nuestros oídos.

Sabía que mi madre se aprovecharía de cualquier pretexto para comenzar a hablar sobre fantasmas y apariciones, así que tomé la delantera con un movimiento veloz y le comenté que seguramente se trataba de las cocineras, y que lo más probable era que después de haber terminado su trabajo, decidieran cocinar sus propios alimentos al calor del fuego para relajarse.

Mi explicación sonaba vacía para quien tuviera una imaginación desbocada, en espera de presenciar un carnaval de quimeras. A pesar de mis esfuerzos por mantener la situación bajo control, mi madre me ignoraba. Por un momento me pareció que entre nosotras existía una barrera que nunca desaparecería. Era tan desesperante como sentirme muda a pesar de tener voz.

Desvié la conversación hacia otros temas. Pensé que no había ningún espectáculo para observar, pero mi madre volteó hacia mí y me aseguró en tono didáctico, como si estuviera dirigiéndose a una niña, que yo era demasiado ingenua, que desconocía el verdadero funcionamiento del mundo y que más sabe el diablo por viejo que por diablo, aunque en realidad ella no tuviera tanta edad como pretendía.

Le gustaba tomar un papel de aparente desventaja, pues paradójicamente así era como pretendía ganar una mejor posición sobre los demás para imponer su punto de vista. Aquella respuesta me siguió pareciendo exagerada, ¿qué fantasías oscuras podían esconderse detrás de algunas mujeres y una fogata?

Después de varios esfuerzos las mujeres encendieron el fuego. Las ramas se iluminaron y empezaron a lanzar chispas como si festejaron algo. Con ayuda de la luz recién ganada, mi madre y yo distinguimos a dos mujeres de edad mediana, casi madura, ambas con el cabello suelto, ataviadas con vestido blanco y fajadas con cinturones rojos. Las mujeres parecían gitanas por su atuendo, aunque por el resto de su personalidad resultaba evidente que no lo eran.

Una de ellas cargaba en sus manos un incensario del que comenzaba a salir humo. Al resplandor del fuego nos dimos cuenta de que se trataba de las mujeres que habíamos visto en el comedor. Se trataba de huéspedes, igual que nosotras. En el cielo, la luna resplandecía en cuarto creciente junto con algunas estrellas; en el pórtico de nuestra cabaña brillaban con asombro nuestras miradas. Mamá y yo decidimos ignorarnos mutuamente, sin resentimientos, para concentrarnos en lo que sucedía.

Las mujeres platicaban entre ellas sin descuidar sus labores. Colocaron el incensario humeante sobre una pequeña barda de piedra junto a ellas. Cuando estuvieron seguras de que el fuego no se apagaría con la fuerza del viento, una de ellas se retiró hacia la cabaña donde se hospedaban, que resultó estar junto a la nuestra. Era momento de aceptar que mi discurso realista había muerto golpeado por la realidad misma. Aquella fogata no era tan inocente como parecía. Algo extraño estaba sucediendo y todavía era incapaz de saber con exactitud qué.

Después de unos minutos que transcurrieron con la mayor lentitud posible, nuestra vecina encabezó una procesión con cuatro figuras pequeñas que avanzaban juguetonas y festivas. Podría incluso decir que con orgullo.

Parecían un rebaño de cabras guiado por su pastora. Cuando se acercaron lo suficiente a la hoguera distinguimos cuatro rostros infantiles, el mayor quizá en la adolescencia. Portaban coronas de flores en el cabello y un colorido atuendo como si festejaran en plena noche su propia primavera.

Aunque las asistentes al ritual sonreían, en algún momento, ante lo desconocido de la escena y quizá también debido a la lejanía del hogar, sentí algo parecido al miedo. Soy capaz de expresar libremente mis sentimientos, no hay motivo para avergonzarme. Me pareció necesario hacer una pausa para explicar al bebé que habitaba en mi vientre que esa sensación corriendo por mi sangre, y que quizá era capaz de detectar, recibía el nombre de miedo.

Le expliqué que cuando naciera lo sentiría ocasionalmente en su propio cuerpo; para mayor información, le dije que algunas personas aseguran que la mejor solución para ponerle punto final al miedo es afrontarlo en vez de darle rodeos, mientras que otras personas responden corriendo y no hay necesidad de juzgarlas por su comportamiento.

Me hubiera gustado comentarle a mi madre que sentía demasiado sueño como pretexto para retirarme, pero algo indefinible mantenía mis pies fijos en el suelo, así que en contra de mi voluntad seguí observando.

Las niñas se distraían con juegos de manos, mientras que una de las mujeres puso a sonar música *new age* en su celular para amenizar el momento. Las pequeñas esperaban su turno para acercarse una por una a las mujeres, quienes las recibían al pie de la fogata para después cubrirlas con el humo de sus incensarios hasta envolverlas por completo. Las pequeñas recibían el baño de incienso con una mezcla de agradecimiento y fervor; esperaban hasta que sus cuerpos se perdían en aquella neblina, donde recibían la sensación de haber sido purificadas en una sustancia de naturaleza elevada.

Después, cuando cada una participó en el ritual, se sentaron en el suelo y formaron un círculo alrededor de las sacerdotisas. Mantenían una expresión alegre y sus rostros habían ganado una serenidad misteriosa.

Las mujeres acariciaban las cabezas infantiles mientras les sonreían, haciéndolas sus cómplices y compartiendo las ideas que habitaban en sus mentes, considerándolas dignas seguidoras debido a los vínculos aleatorios que impone la sangre. Cuando la solemnidad del ritual estuvo en su máximo punto, las personas que convivían alrededor de la fogata se prepararon para el siguiente paso.

Entonces las niñas fueron guiadas por las mujeres a través de una extensa letanía de agradecimiento a la Madre Tierra. Entre todas elaboraron un mural de motivos por los que se mostraban agradecidas, incluyendo las bendiciones que la Madre Tierra derrama constantemente en favor nuestro y su capacidad para entregarse más allá de lo imaginable; le agradecían por sostenernos y proveernos de lo que necesitamos para seguir respirando, por el cariño tan profundo que tiene disponible para quien quiera recibirlo, por la manera tan admirable que tiene de renovarse en cada ciclo después de pasar por la devastación invernal. En resumen, le agradecían de manera emotiva por ser una buena madre.

En algún momento, experimenté una metamorfosis en mis sentimientos. El miedo cedió a la ternura. Tuve la impresión de que una pequeña flama se había encendido en mi interior. Mamá y yo preferimos no tocar el tema y comenzamos a movernos en nuestros asientos, incómodas por presenciar algo que estaba lejos de correspondernos, un acontecimiento que no había sido diseñado para nuestra mirada.

Pensamos que de cierto modo nuestra presencia profanaba aquel ritual, que lo ensuciaba debido a que nuestra vibración era diferente a la que se había construido alrededor de la fogata y que estábamos de más en aquel sitio, donde se experimentaba algo tan íntimo que rozaba lo sagrado. Éramos aves de paso, un simple accidente, igual que un par de manchas que caen por descuido sobre algún lienzo. Nos encontrábamos a punto de retirarnos cuando tuvimos la última experiencia de aquella jornada, un encuentro que cerraría lo inesperado de nuestro viaje.

Como si no hubiera sido suficiente con las imágenes que habíamos presenciado en unas cuantas horas, sin que fuera nuestra intención, considerando que únicamente nos habíamos propuesto descansar por un día, de repente comenzó a escucharse un ruido extraño justo en el techo de nuestra cabaña, sobre nuestras cabezas. Debido al estado alterado de nuestros nervios, pensamos que quizá la luna había decidido hacerse presente en la tierra para saludarnos y preguntarnos con tono casual cómo estábamos pasando aquella noche con el espectáculo que había preparado.

Escuchábamos un sonido ligero, pero insistente, algo que bajaba con movimientos que hacían crujir la madera y se nos acercaba con lentitud, tomándose el tiempo para atentar contra nuestra integridad psíquica. Para mantener la cordura, lo primero que mi madre y yo pensamos fue que se trataba de la visita de una ardilla que pretendía exigirnos alimentos a pesar de lo avanzado de la noche, pero el ruido era más sutil que el producido por la urgencia del hambre.

Nos preguntamos qué otra manifestación podríamos esperar y, en todo caso, resolvimos que si acaso se trataba de algún espíritu, en cuanto lo tuviéramos de frente, le diríamos que su presencia estaba siendo requerida en la fogata y de ningún modo bajo nuestro techo.

El sonido continuó escuchándose cada vez más cerca de donde estábamos, hasta que por fin un ente misterioso que descendía en posición vertical, con la cabeza por delante, desplazándose sobre una viga que cruzaba frente a nuestro rostro, quedó justo a la altura de nuestras miradas.

A pesar de su parecido con las ardillas, definitivamente no era una más. Este animal tenía mayor tamaño y se movía con más calma, con movimientos estudiados, podría decirse que incluso con una vibra sutil de dolor, aunque no parecía que estuviera lastimado (no tenía ninguna herida visible). Tenía semejanza con un mapache. Su tamaño y su cuerpo cruzado por manchas y líneas apuntaba en esa dirección, pero tampoco era un mapache, ya que emitía una vibra más bien lúgubre, no tan divertida o amable.

Lo que veíamos se trataba de un animal peludo y gris con una cola larga que intercalaba anillos negros con otros más claros; su rabo estaba cubierto de ellos como si los coleccionara para adornarse antes de algún encuentro. Su vibra era nocturna, de eso no cabía duda. Sus ojos eran grandes y tétricos, negros y profundos. Por un instante tuve la impresión de que su rostro parecía el de un murciélago, incluso algo en su fisionomía me sugirió que era capaz de hablar (pero se abstuvo de intentarlo, gracias al cielo).

Hizo una pausa en su descenso para observarnos fijamente, de un modo extraño, como si estuviera sorprendido por nuestra presencia, dando la impresión de que se había cruzado con nosotras sin planearlo a pesar de que nunca estuvimos escondidas o agazapadas. Creo que temía que lo atacáramos por ser humanas. Nosotras, por nuestra parte, mantuvimos la esperanza de que pasara de largo sin atacarnos. Tanto él como nosotras nos mantuvimos a la expectativa, estudiando nuestros respectivos movimientos, esperando que no fuera necesario emprender una retirada de emergencia ante algún gesto agresivo.

En la mirada del animal se traslucían destellos de algo similar a una petición, quizá una súplica vital, aunque no quedaba claro qué solicitaba. Su rostro acongojado de víctima demandaba empatía por su historia o hacia sus motivos, pero mi madre y yo los desconocíamos.

Lo que fuera que estaba frente a nosotras, observándonos en su posición invertida, con la cabeza hacia el suelo y sus patas al cielo, pretendía que nos pusiéramos en su lugar para justificar la existencia que venía arrastrando. Si aquello fuera una persona, me habría cruzado por la mente la idea de buscar una moneda para dársela como limosna, aun sabiendo que sus problemas permanecerían.

Mi madre imaginó que a lo mejor buscaba comida, pero ignorábamos sus hábitos alimenticios. Observamos los chocolates que teníamos a la mano, y aunque al principio pareció una opción viable, pensamos que podíamos alterar las buenas costumbres de la isla al compartir nuestros alimentos con la fauna local. Mientras tanto, pasaba el tiempo y crecía el nerviosismo... era tan poca la distancia que nos separaba.

El cuerpo de aquel primo del mapache se iluminó con el resplandor de la fogata, ¿quizá el calor había provocado su aparición? ¿Acaso estaba pasando frío en su vivienda, cualquiera que fuera? Puede ser fruto de mi imaginación, pero gracias al brillo adicional de la luna, en medio de la iluminación extraña del ambiente, me pareció que mi madre sonreía con cierta complacencia.

Cuando el animal descubrió que no lo entendíamos porque estábamos lejos de hablar el mismo idioma o de adoptar su perspectiva, suspiró con resignación antes de seguir cuesta abajo en busca de algo imposible de descifrar.

El visitante misterioso siguió avanzando sin apresurarse, moviendo su cola poblada por anillos y emitiendo su vibra tétrica de ser nocturno que lo perseguía como el rastro que deja por el cielo el paso de los cometas. Desapareció en la oscuridad sin preocuparse por voltear hacia atrás, ignorándonos y emanando algo parecido a la dignidad que han conquistado quienes conocen su sitio en este mundo, mezclada con desprecio hacia quienes son incapaces de comprenderlos.

Parecía que nuestra aventura había terminado, así que mi madre y yo comentamos que habían muerto los tiempos en los que podía esperarse un descanso reparador de las vacaciones.

Para terminar de taladrar nuestro sistema nervioso, toda la noche escuchamos un rasguño insistente en el techo. Dormimos poco y con pausas por aquella molestia, preguntándonos si alguna ardilla intentaba esconder su alimento sobre nuestras cabezas o si algún animal misterioso, como el visto en el pórtico, intentaba entrar a nuestra cabaña para filtrarse entre nuestras sábanas. En medio del insomnio, mamá hablaba con naturalidad sobre nuestras experiencias, dando a entender que siempre ha sabido el tipo de molestias que puede ocasionar el mundo real. Para ella, ningún imprevisto era una sorpresa.

Al día siguiente, después del desayuno en el comedor comunitario, un hombre nos recogió en el muelle de la isla para trasladarnos en una lancha de motor de regreso a tierra firme. Esperé hasta que estuvimos en medio del agua, con la brisa golpeando nuestros rostros, para preguntarle al señor qué animal habitaba la isla y tenía un extraño parecido con los mapaches, aunque con una vibra tendiente al dolor y rematada por una apariencia de víctima.

El hombre que manejaba la lancha sonrió como solo puede hacerlo quien recuerda a un viejo conocido de costumbres maniáticas antes de responder que nos había visitado un ser llamado cacomixtle.

Por un momento desvié la mirada hacia la playera del hombre que guiaba la lancha, observando cómo el viento se metía por debajo de la prenda y lograba que se inflaran algunas burbujas que se movían de un lado a otro. El hombre siguió explicando que el cacomixtle paseaba al cobijo de la oscuridad, y después guardó silencio.

Era la primera vez en mi vida que escuchaba sobre la existencia de aquel animal. Tomé la precaución de repetir mentalmente su nombre para asegurarme de no olvidarlo, de tenerlo presente en caso de que el destino nos hiciera coincidir más adelante bajo diferentes circunstancias.

Cuando cada una de las letras estuvo grabada en mi mente, encontré el valor para soltar su nombre al viento: cacomixtle, cacomixtle, cacomixtle... lo pronuncié hasta que la palabra se cobijó con mi lengua y a fuerza de repetición encontró su lugar idóneo, donde la resonancia con el universo resultó perfecta, como si se tratara de un hechizo que alguien rescata en los límites del tiempo, cuando corre el peligro de ser olvidado.

Después de entregar la llave de nuestra cabaña en la recepción, mi madre y yo subimos a nuestro vehículo para emprender el camino de regreso. Antes de volver a perdernos entre los cerros tuve un pensamiento repentino, algo que percibí como el susurro de una voz interior que encontró las condiciones necesarias para manifestarse.

Imaginé que todo aquello que habíamos experimentado la noche anterior: la fogata de las mujeres, el ritual de las niñas, la luna en su fase creciente, el espectáculo del incienso, las palabras emotivas y el ambiente enrarecido, todo en conjunto, no había sido más que un ritual de invocación para propiciar el descubrimiento de un nuevo animal.

Al tomar la primera curva, buscamos música que sonó por primera vez cuando yo ni siquiera había nacido y los ojos de mi madre comenzaron a moverse de un lado a otro de la carretera como si fueran un par de conejos inquietos.

La jirafa

Uno de los talentos más valiosos que me ha regalado el universo es descubrir qué animal se identifica mejor con el espíritu de las personas. No lo admito abiertamente, porque no suele valorarse un don tan precioso. Además, es necesario que conviva con las personas y me interese hasta cierto punto por ellas para alcanzar a vislumbrar al animal que les acompaña, pues no siempre salta a simple vista.

Por si fuera poco, tienen que desarrollarse algunas habilidades para estar en condiciones de lanzarse al ruedo. Por ejemplo, me ha sucedido que empiezo a entablar relaciones con alguien y, de repente, sin darme cuenta ni proponérmelo, ya estoy buscando en las profundidades de mi mente, repasando imágenes de varios animales, preguntándome cuál será el que acompaña a la persona en cuestión: si una abeja, un simpático ratón o algún elefante.

Desde mi punto de vista no se trata de un misterio tan imposible de resolver; para ilustrar la cuestión, pasa algo similar cuando un perro termina por parecerse a la persona con quien comparte el techo, o la persona toma rasgos de su mascota, según prefiera verse. Solo hay que tener los ojos bien abiertos, dejarse guiar por la imaginación en su punto máximo de entrenamiento y listo.

Considerando que las personas andan por la vida cargando la sombra de su propio animal de poder, aunque no siempre lo perciban, a veces sucede que una mariposa vive bajo el mismo techo que una ardilla, o que un águila está rodeada por una comunidad de conejos. Cuando los miembros de una familia tienen buenas relaciones y una conexión elevada entre ellos, es probable que les haya tocado la suerte de que todos sean delfines (un caso raro en extremo, digno de estudio).

Aunque tengamos la idea de que han quedado atrás las cavernas, vale la pena notar que, si guardamos silencio, todavía puede percibirse un rumor salvaje en el fondo de nuestros cuerpos, y nos persigue un grito que se resiste a ser domesticado.

Recuerdo que la última vez que usé mi talento secreto fue para descubrir cuál animal acompaña a una sobrina que nació hace un par de años. La hija de mi hermana llegó a este mundo con un tamaño promedio. El largo de sus huesos indicaba cierta tendencia a medir un poco más del común de los niños, pero nada fuera de los límites.

Es curioso, pues he escuchado a varias personas asegurar que desean tener hijos altos, como si fuera una pequeña lotería, y afirman que por nada del mundo les gustaría tener un hijo de baja estatura, lo que en su mente equivale a recibir un castigo, sin considerar el resto de las características que tal hijo pueda tener. En realidad, no sé qué beneficios esperen recibir los humanos de los hijos con altura considerable, pero, al parecer, la altura por sí misma produce sentimientos de orgullo y seguridad más allá de lo comprensible.

Entonces, volviendo al tema, mi sobrina era una bebé normal que andaba por la vida comiendo, llorando y durmiendo. Le tenía sin preocupación su tamaño, porque así funcionan los bebés y porque no tenía sentido invertir sus primeros días en preocuparse, ya que hacerlo no arroja ningún beneficio. Además, no podíamos conseguir ningún remedio mágico que funcionara para hacerla crecer de un instante a otro... o al menos eso pensábamos.

Tras algún tiempo de convivencia con mi sobrina, descubrí que le gustaba abrir sus ojos cuando el sol salía, igual que la mayoría de los bebés, que disfrutan la presencia de la luz natural y muestran una tendencia innata a querer ser bañados por los rayos como si fueran girasoles. Creo que a los bebés les gustaría tener alas y volar hasta el sol, aunque se quemaran, así que me tomé la molestia de pedir ayuda mágica para mi sobrina y darle, en lugar de alas, un poco más de altura para que tuviera una mejor perspectiva del cielo.

Era el momento perfecto para desempolvar mis habilidades ocultas. Pacientemente le expliqué a mi sobrina lo que era una jirafa. Busqué imágenes por todos los rincones para decirle con gestos y palabras que las jirafas son de lo más simpáticas que pueda imaginarse y, sobre todo, hablé de su altura (detalle importante, digno de ser tomado en cuenta).

Conseguí un par de peluches para adornar su habitación y me enfoqué en explotar las bondades del color amarillo. Tuve la precaución suficiente de abstenerme de hacerle ver que la parte más alta del cuerpo de una jirafa es el cuello, y expuse tan solo las ventajas que tenía por el simple hecho de su altura, dejando a un lado sus problemas. Me convertí en una perfecta vendedora de jirafas, con tanta suerte que mi sobrina resultó ser buena cliente para mis palabras, así que fue creciendo poco a poco, sin prisas, impulsada no solo por la fantasía, sino también por un gran apetito para desarrollar su cuerpo.

Al paso del tiempo resultó evidente que la niña se familiarizó con las jirafas, pues, estirándose de una manera simpática, alcanzó una altura considerable. Aunque no tengo nada personal en contra de las hormigas o de animales más pequeños, creo que es mi deber admitir que solo fui una herramienta del destino para que mi sobrina se convirtiera en lo que ella quería ser, en la semilla que se encontraba lista para germinar en algún rincón de su anatomía. Para lograrlo de manera exitosa, tuve la precaución de guardar silencio cuando mi voz quería imponerse para marcar mis preferencias, lo que permitió que el ambiente se llenara de la música que se ocultaba en los rincones del espíritu de mi sobrina, en vez de hacer sonar mi propia orquesta.

Las abejas

Mis relaciones personales suelen tener un extraño parecido con la versatilidad del clima: a veces son abundantes como las tormentas, con tendencia a dejarse caer sin control, pero de repente, sin dar señales de su proximidad, llega la sequía y se instala por largas temporadas. Algunas veces me convierto en ermitaña, me aíslo por periodos tan largos que comienzan a correr rumores extraños en los que aseguran que la última vez que me vieron andaba paseando por Ecuador, o afirman con aires de autoridad que desde ahí brinqué a Chile, y no falta el osado que se jacte de haberme visto caminando por Estados Unidos, tomando una bebida en Copenhague o volando sin acompañante con rumbo a Argentina. Pero también están los tiempos en que resulta fácil ubicarme, pues ando a la vista de todos, presente en cualquier reunión a la que me inviten, socializando como si fuera mi segunda piel y exhibiendo un comportamiento de persona que disfruta la convivencia, por lo que jamás podría estar privada de la compañía o vagando sola por tierras lejanas.

¿Qué importa lo que piensen los demás, cuando lo que me interesa es compartir una de mis últimas experiencias? Es momento de ignorar los rumores y enfocarnos en asuntos dignos de pasar por nuestros oídos.

Sucede que llevaba algunos días instalada por completo en la soledad que se respira por los laberintos de mi cabeza, haciendo el inventario de los rincones de mi mente y tomando el valor suficiente para asomarme al sótano e investigar el motivo por el que últimamente habían dejado de funcionar las luces. Me preguntaba si acaso un monstruo se habría instalado y por comodidad prefería moverse en la oscuridad, o si quizás la explicación era más simple y algún ratón había mordido los cables eléctricos hasta dejarlos inservibles. El punto era que, ya fuera monstruo o ratón el nuevo inquilino en mi cabeza, necesitaba envalentonarme para emprender la peligrosa misión de descenso al sótano sin compañía.

Si entonces alguien se hubiera cruzado por mi camino para preguntarme qué opinaba acerca de las últimas noticias, de las próximas elecciones políticas o sobre la futura reunión de vecinos en la colonia, al observar directamente y sin protección el eclipse que opacaba mi mirada, sin dudarlo habría afirmado con pánico en su voz que me había convertido en zombi o algo peor. Diría seguramente que alguien tenía secuestrada mi cordura y que más valía encerrarme sin tardanza en algún destino vacacional paradisíaco, donde las bondades de los empleados turísticos, la alimentación abundante, la presencia de cuerpos de ensueño y la factura de los servicios prestados al final de la estancia terminaran por instalarme nuevamente y de golpe en la realidad.

Pero nadie se tomó la molestia de hospedarme en un resort exclusivo de Hawái, así que hubiera seguido armando planes sobre excursiones de alto riesgo durante tiempo indefinido, de no ser porque se presentó un asunto urgente que reclamó la totalidad de mi atención.

Durante alguna de aquellas tardes, mientras paseaba por el jardín, mis pensamientos fueron interrumpidos por una abeja que cayó del cielo. Hablando con propiedad, el cadáver de una abeja se desplomó, haciendo gala simultánea de las fuerzas de gravedad física y también metafísica.

El cadáver estuvo a un pelo de aterrizar sobre mi cabeza, donde se hubiera convertido en adorno involuntario. Se me ocurrió que, según la tendencia actual que valora los productos naturales y las prácticas con procesos mínimos, es probable que sea bien considerado adornarse la cabeza con abejas o cualquier otro tipo de insectos (siempre y cuando no sean piojos, eso nunca será bien visto).

Dejando a un lado el susto por el ataque inesperado, recordé que había escuchado comentarios sobre la escasez de abejas y sus implicaciones en el calentamiento global. Hacía varios meses que no se cruzaba por mi camino una abeja, y estaba lejos de hacerme feliz que nuestro reencuentro se diera con una de ambas partes pisando la tumba. Observé el cadáver y me alejé temiendo que aquella abeja invirtiera sus últimas fuerzas en regalar las caricias de su aguijón a quien se acercara.

Después volví a sumergirme en las aguas de la inconsciencia, donde nadé hasta cansarme, lo que permitió que mi cuerpo se salpicara de nuevas ideas y de imágenes en peligro de extinción que se asomaban a la superficie, pensando que nadie repararía en su existencia, como si se tratara de un espectáculo cotidiano.

En medio de mis aventuras descubrí que existe algo similar al sonambulismo, aunque no se haya pisado el territorio de los sueños, sino simplemente el de la inconsciencia, pues comencé a caminar dando vueltas en mi cuarto y sin darme cuenta, aunque estuviera despierta, avancé hasta terminar en la cochera. Lo descubrí cuando cayó otro cadáver de abeja, rozándome y trayéndome de regreso a la realidad mientras el cuerpo caía en picada, igual que un aeroplano con el motor averiado.

Me pareció una extraña casualidad que en tan poco tiempo se repitiera la misma escena; era preocupante recibir aquellos regalos del cielo, como si las nubes estuvieran escupiendo abejas en lugar de gotas de lluvia. Pensé que se trataba de una broma de mal gusto y seguí caminando hasta que reparé en que había una abeja moribunda justo a mis pies. Por un momento pensé que se trataba de la que había dejado atrás, y me pregunté cómo había hecho para desplazarse tan rápido y sin ser percibida, pero entonces volteé y descubrí que el primer cuerpo seguía donde lo había dejado.

Entonces avancé con más calma y noté que el piso estaba salpicado por otras tres o cuatro abejas que daban vueltas en círculo sin poder despegar, enfurecidas, agotando sus últimas fuerzas en una maniobra de indignación contra su impotencia.

Hice lo que todos de vez en cuando: elevé la mirada al cielo en busca de respuestas. Parecía un acto desesperado, pero nunca había recibido una solución tan inmediata por parte de las alturas. Sucede que la casa, además de estar ubicada en medio de sembradíos, se encuentra construida junto a un depósito elevado de agua, una reserva suficiente para abastecer a los vecinos de la colonia.

Se trata de un tanque en verdad grande, de apariencia metálica y pintado de blanco. La casa está tan pegada a él que, al pararse sobre el jardín o la cochera y elevar la vista, puede verse la parte inferior de la base del depósito como si estuviera sobre nuestra cabeza. De vez en cuando había sucedido que el agua llegaba más allá del límite del depósito, caía en cascada sobre la casa y refrescaba nuestras ideas, pero no había generado problemas adicionales… hasta ese momento.

Observé algo que jamás había visto en mi vida. Siempre he sabido que las abejas son animales gregarios, que viven en una colmena, que tienen una reina en la cúspide de su jerarquía social, que producen miel y son un importante factor de polinización en el ambiente, pero nunca había visto a cientos de ellas adheridas a un depósito de agua, aferradas como si de aquello dependiera su vida y zumbando alegremente en lo que consideraban su casa.

Ignoro en cuánto tiempo se construye un panal o qué tan veloces pueden ser las abejas en su labor de construcción, también ignoro cuál es el número máximo de abejas permitidas en una colmena, pero aquel espectáculo superaba con creces mi entendimiento. Jamás había visto a tantas abejas juntas, menos en tiempo de escasez.

Lo que más llamaba mi atención es que resultaba evidente que las que caían para morir en la casa eran las que se ubicaban más alejadas del centro de su comunidad, como si no hubiera espacio o víveres para todas y tuvieran que sacrificarse las que quedaban colgando en las orillas, incapaces de elevar su voz antes de ser condenadas al exilio, lo que para ellas significaba la tumba.

Al observar cientos de abejas viviendo en conglomeración por encima de la casa, sentí algo parecido al miedo. Ya he dicho que soy capaz de expresar libremente mis sentimientos, no hay motivo para avergonzarme. Lo primero que se me ocurrió fue buscar ayuda, o sea, contactar a quien fuera que tuviera los medios para liberarme de la amenaza que pendía en lo alto, igual que una guillotina sobre el cuello del condenado.

El sentido común me indicó que el departamento de bomberos solucionaría rápida y efectivamente el problema. En mi cabeza, y quizá en el imaginario colectivo, los bomberos rescatan gatos y ayudan con la problemática que generan los animales (además de apagar incendios, por supuesto).

En cuanto obtuve el teléfono de los bomberos, les marqué y les expliqué la urgencia de que desintegraran la colmena. Pensé que los bomberos tendrían el equipo necesario para trasladar a las abejas a un mejor sitio, donde su miel fuera de provecho para la ciudad.

No conté con que la estrategia para retirarlas consistía en designar a un valiente para subir por una escalera, alcanzar suficiente altura y echar chorros de agua a presión máxima para que estos insectos no tuvieran más remedio que huir ante un ataque mortal. Está de más agregar que, al ser atacadas, no dudarían en defenderse, así que el voluntario debía estar protegido con equipo especial.

Al final de cuentas ni siquiera tiene sentido explayarme comentando a detalle qué es lo que sucede en mi imaginación, porque cuando los bomberos fueron a la casa y analizaron el problema, me aseguraron que no contaban con una escalera que tuviera suficiente altura para llegar al depósito de agua y que, además, nadie en su sano juicio se ofrecería como carnada para recibir la furia de cientos de abejas.

Una simple derrota es incapaz de ponerme un alto, así que busqué una segunda opción. Me enteré de que el Departamento de Protección Civil también se encargaba del manejo de panales así que les marqué para solicitar ayuda. Cuando su personal acudió a realizar un levantamiento de campo, descubrí que su método era ligeramente diverso al de los bomberos.

En teoría, los empleados de este departamento conseguirían una escalera para alcanzar el panal y después atacarían a las abejas, pero no con agua, sino con el auxilio directo del fuego, achicharrando un pedazo del mundo animal y enseñándoles el infierno en vida. Pero tampoco tiene sentido analizar tal estrategia, pues los miembros del Departamento de Protección Civil confesaron que tampoco tenían una escalera con suficiente altura para llegar al depósito de agua. Además, ninguno estaba dispuesto a molestar a tantas abejas y generar una mancha en su karma.

Me sentí perdida; ¿era necesario recurrir a mecanismos tan violentos como el agua o el fuego para deshacerse de esos polinizadores? ¿Acaso no existían alternativas, como la contratación de algún intérprete que hablara su idioma y les pidiera amablemente que se retiraran?

Con la suficiente observación, descubrí que realmente no existía un panal, sino que las abejas estaban adheridas al depósito de agua con ayuda de sus simples cuerpos, sin construcciones adicionales. ¿Cómo era posible? Resultaba increíble, al menos para mí. De cualquier modo, los cadáveres continuaban apareciendo sobre el piso, cada vez en mayor cantidad, rechazados por su comunidad ante la falta de espacio.

En algún momento, las abejas comenzaron a filtrarse por debajo de las puertas de la casa. Un día, de repente, apareció una moribunda en el piso de la cocina. Estaba evidentemente molesta, no se trataba de un huésped amable; pretendía hacer pagar a quien fuera por haber sido rechazada.

Las abejas no limitaron sus paseos a la cocina. Una tarde me acomodé en la sala para ver cualquier película y descubrí a una avanzando por la superficie de la pantalla (también estaba enojada, quizá porque esperaba ver algún otro programa). Con ayuda de un vaso y de una servilleta que funcionaría como tapa, después de media hora de esfuerzos, la capturé para mandarla afuera, directo al jardín, pero mi intervención fue infructuosa, pues sus horas estaban contadas.

Sitiada por abejas moribundas, decidí que más valía realizar una maniobra de repliegue, así que me encerré en casa y de vez en cuando me asomaba al jardín para confirmar que las condiciones de ataque continuaban. Me sentí víctima de las fuerzas de la naturaleza, y me vi obligada a aceptar que no podía hacer nada más que aguardar a que algo inesperado sucediera, pues mis ideas estaban agotadas. Aunque en condiciones normales prefería pasear al aire libre, comencé a buscar pasatiempos en mi cuarto, alrededor de la estufa, por los rincones de la sala (como si fuera una persona civilizada). No podía evitar preguntarme en qué me convertiría si aquello continuaba.

Cierta mañana, con resignación y por costumbre, me coloqué tras la ventana de la cocina para buscar cadáveres en la cochera. Era un pasatiempo macabro. Para mi sorpresa, solo había un par de abejas; eran dos manchas amarillas aisladas, girando sobre su eje y esperando la visita de la muerte para entregarle su aguijón. Aunque la cantidad de insectos había disminuido considerablemente, no dejaba de ser un espectáculo triste. Después me alejé de la ventana y me ocupé en otros asuntos.

Durante un par de días observé que se mantenía la disminución de cuerpos y me pregunté a qué se debería el cambio de ritmo. Quizá las abejas habían recapacitado y decidieron dejar de expulsar a miembros de su propia especie. La curiosidad hizo que me asomara al exterior con lentitud. Saqué primero la cabeza para analizar qué tan despejado estaba el territorio y descubrir qué estaba sucediendo. Poco a poco saqué el resto del cuerpo y me paré bajo una cornisa para protegerme de invasiones repentinas.

Una parte de mí temía que la aparente disminución de cadáveres se tratara de una estrategia de las abejas para invitarme a anular la distancia que nos separaba, tomarme desprevenida y entonces emprender el ataque máximo sobre mi cuerpo indefenso... pero, al elevar la mirada, hice otro descubrimiento.

A simple vista pensé que mis sentidos me engañaban, pero después de respirar con calma, descubrí que aparentemente no había motivo para estar nerviosa. En una maniobra inesperada por parte de las abejas, debido a motivos que desconozco, siguiendo una estrategia oscura y sin previo aviso, la mayoría se había retirado hacia rumbos desconocidos, dejando en su lugar una mancha oscura sobre el depósito de agua que habían ocupado durante semanas.

Parecía una broma, ¿aunque de quién? Suspiré aliviada, con cierta reserva, pues al ver que las abejas se habían instalado en un depósito de agua imaginé que se quedarían a vivir indefinidamente, gozando de las ventajas de tener el vital líquido a su alcance. Por un momento dudé, ¿quizá se trataba de una estrategia para hacerme bajar mis defensas y entonces regresar de golpe? ¿O acaso mi sistema nervioso estaba a punto de colapsar y veía enemigos imaginarios?

Pasé el resto de la tarde pensando cómo era posible que cientos de abejas funcionaran al ritmo de una sola voluntad, tanto para instalarse como para partir hacia nuevos rumbos. Aunque todavía quedaban algunas rezagadas volando alrededor del depósito. Parecían decir que carecían de motivo para empacar.

No pude evitar sonreír con el recuento de lo sucedido. Viéndolo en retrospectiva y con detenimiento, acepté que las abejas se alejarían en el momento indicado, cuando ellas mismas lo decidieran, sin intervención de fuerzas externas e ignorando la brusquedad que sugerían las amenazas del agua y del fuego. Por increíble que pareciera, solo era necesario que un día amanecieran un poco más sensibles de costumbre y con ánimo de escuchar el susurro del viento, invitándolas a continuar su existencia en otro sitio.

Después, libre de amenazas, acomodé una silla en la cochera, conseguí una bebida refrescante y me instalé a ver la puesta de sol.

El duende

Cuando por fin nació Bebé, recibí en mis brazos a una hermosa nena de barbilla ligeramente partida y cabello negro, una pequeña dormilona que despertaba con exactitud cada cierto tiempo para pedirme que la alimentara para luego dormirse y así visitar lugares que todavía no han sido identificados por las agencias de turismo. Cuando cerraba los párpados parecía que estaba ocupada, ejecutando misiones lejos de este mundo y ocultando las pistas cuando abría nuevamente sus ojos.

A partir de la llegada de Bebé a mi vida desaparecieron los momentos de pausa en los que parecía que tanto los objetos como las personas estaban congelados, repitiéndose a sí mismos, haciendo los mismos gestos desde su concepción hasta la eternidad.

Para mí, el tiempo se convirtió en una carrera constante donde no quedaba claro cuál era la meta (más que sobrevivir cada día con la cabeza puesta sobre los hombros, como lo ha sido desde que tengo memoria).

De repente me vi rodeada por pañales, montones de ropa pequeña y sucia, consejos extraños que rozan lo absurdo y que por alguna razón van pasando a través de las generaciones, la presión de no estar a la altura de la situación y la certidumbre de que la vida continuaría a pesar de los errores de una madre primeriza.

El mismo día en que nació Bebé comenzó a circular el *Río Sagrado de las Suposiciones*, un flujo continuo y arcaico de hipótesis en donde los familiares exigían fotos de la recién nacida desde el mayor número de ángulos posible. Se tomaban la molestia de buscarle parecido a cada rincón de su cuerpo con el objetivo de reclamar la propiedad de un pedazo de piel o de cualquier expresión, por mínima que fuera, y colocar diferentes banderas, como si estuvieran colonizando la luna.

Al interior de la familia empezaron a cuestionarse de quién había sacado los ojos mi querida hija, a quién les recordaba su nariz, dónde habían visto una boca parecida… como si la anatomía de una persona fuera un rompecabezas en donde ninguna pieza debería estar fuera de lugar, mucho menos extraviada.

Al verme obligada a estar en reposo, no tenía otra opción más que escuchar que la punta de la nariz era idéntica a la de tal tío que había fallecido hacía algunos años, que los labios eran míos, pero de mayor tamaño, que la forma de su barbilla era un misterio por resolver y que los ojos, a pesar de estar cerrados, sin duda serían como los de alguien tan remoto que ni siquiera ubico (en estos asuntos todo se vale, incluso arriesgarse a adivinar sin fundamentos).

Bebé se limitaba a instalarse en su nueva existencia y seguía con exactitud su agenda que, por cierto, era sencilla. En lo personal, y con temor de hacer afirmaciones arriesgadas, aseguraría que me daba lo mismo que Bebé se pareciera físicamente a cualquier integrante del álbum familiar.

Las experiencias me han enseñado que los bebés tienen la costumbre de cambiar de aspecto en un instante y sin pedir permiso, que son caprichosos y volubles en su apariencia, que no hay ninguna razón para perder el tiempo buscándoles parecido cuando lo importante es que tengan buena salud y muestren tendencia hacia los buenos modales...

Cierta noche, en medio de mi cansancio, a manera de recompensa por los esfuerzos realizados, cargué a Bebé y la acerqué a mi rostro para decirle cualquier cosa que atravesara por mi cabeza, sin importar que careciera de sentido, porque eso es lo que hacen las madres y había llegado el momento de usar mis privilegios.

En ese instante, con las luces apagadas, ayudada únicamente por el brillo de una lámpara, sostuve a Bebé frente a mí para sostener nuestra primera conversación profunda e inaugurar lo que tenía la esperanza de que fuera una costumbre entre nosotras, pues qué mejor lazo que las palabras cargadas de sentimientos profundos.

Aunque pude haberle platicado sobre asuntos superficiales con el objetivo de ir preparando el terreno para temas de mayor importancia, recordé que tenía tiempo buscando un momento de intimidad con ella para hacerle un par de preguntas que paseaban por mi cabeza, llenándola de ruido al punto que me impedía concentrarme en el resto de mis actividades.

A pesar de que era un momento anhelado, preferí posponerlo, como suelen posponerse hasta el fin del mundo la mayor parte de las conversaciones trascendentales, pero la curiosidad resultó más fuerte que los convencionalismos.

Coloqué el rostro de Bebé frente al mío, y a pesar de que dormía, mi instinto maternal me aseguró que quizá no estaba en las mejores condiciones para responderme, pero haría su mejor esfuerzo para comunicarse.

Su rostro estaba inundado por la tranquilidad. Tomando la precaución de observar desde la perspectiva adecuada, confieso que me sentí como si estuviera frente a un oráculo: siempre dispuesto a escuchar, aunque no necesariamente a formular alguna respuesta, y me pregunté si acaso habría llegado el momento esperado.

Me concentré para buscar el tono correcto en las profundidades de mi mente, que para mí es el equivalente al corazón. Hice contacto con el silencio para que mis palabras tuvieran mayor alcance al estar envueltas en él, sentí el contacto de mi piel con la de Bebé, tan frágil y nueva, mis ojos buscaron los suyos a pesar de que permanecían cerrados.

Al fin tomé valor para formular los cuestionamientos que atraviesan todas las relaciones importantes: ¿Cómo llegaste aquí? ¿Por qué me elegiste a mí? Dime, ¿quién eres?

El oráculo se limitó a respirar con ritmo acelerado y al fin suspiró, liberándose de una carga invisible. Era evidente que el aire que nos rodeaba permanecía vacío y que a nuestro alrededor no flotaba ninguna palabra; sin embargo, mi intuición me indicaba que la respuesta se ocultaba en algún rincón del ser de mi nena y que, aunque dormía, consideraba la posibilidad de comunicarse conmigo de alguna manera.

A pesar de seguir con mis manos vacías, sabía que una parte suya se reservaba un par de cartas, preguntándose si acaso estaría lista para descifrar el acertijo que había preparado para mí, quizá con toda la seriedad del mundo o quizá por mero pasatiempo, para tener su primera diversión en este mundo, con su madre.

Le di vueltas a la idea durante un par de minutos hasta que acepté que no había manera de que Bebé se comunicara conmigo. Dormía profundamente, digería la leche que había tomado un par de horas antes y parecía imprudente pedirle que hiciera más cuando apenas tenía unos días de haber nacido. Eso imaginé, hasta que en plena renuncia a mis expectativas sentí con claridad una oleada de percepción recorriendo mi cuerpo. Supe que en ese momento recibiría un regalo del universo.

Creo que todos hemos recibido algún secreto sin poder descifrar la fuente; observando con la mayor atención posible, usando algo que no puedo describir más que como una mirada extrasensorial, me pareció que después de todo, sí había un parecido de Bebé con alguien, cierta semejanza que no había sido mencionada, aunque pensándolo con calma no podía decirse que tal ente perteneciera al árbol familiar... a menos que alguna rama del mismo tuviera mezclas desconocidas que se pierden a la distancia, en la noche de los tiempos, y que no hubieran sido registradas como pertenecientes a nuestra sangre por cuestiones insignificantes como la vergüenza, las buenas costumbres o el pudor, con la esperanza de proteger nuestro techo de rumores y señalamientos.

¿Y a quién le importaba lo que pensaran los demás? Estaba segura de que un secreto se había mostrado sin disfraces frente a mí, eso debía tener mayor peso.

En medio de mi asombro Bebé mostraba su pequeña cara, que a pesar de ser nueva podía confundirse con la de cualquier anciano; sus sueños, que me confieso incapaz de imaginar, estaban acompañados por una sonrisa de satisfacción. Cargando el cuerpo de mi nena era fácil percibir que tenía el tamaño ideal para defender el secreto recién recibido, y además había cierta vibra extraña en el ambiente, similar a la que envuelve los momentos de revelación, cuando una verdad imprevista flota por los alrededores en espera de que alguien la cobije.

En ese momento se despertó una voz que pasaba la mayor parte del tiempo en reposo dentro de mí, y me susurró una imagen que cobró sentido de inmediato: solo tuve que agregarle a Bebé un par de orejas puntiagudas en sus extremos, darle algunas pinceladas de color verde, así como una sonrisa de resonancia oculta. Ahí estaba con toda claridad: Bebé no podía negar su parecido asombroso con los duendes, esas pequeñas criaturas que sufren una marcada debilidad por los tesoros y las aventuras.

Cargando un secreto entre manos, cuidándome de no compartirlo con nadie para evitar que me juzgaran, sabiendo que la mente de la mayoría de las personas es una caja poco flexible donde casi nunca hay espacio para los duendes, a pesar de su escaso tamaño, pasé los días fingiendo que todo funcionaba con normalidad, como si no hubiera descubierto la gota de sangre extranjera que corría por nuestras venas. Pretendí que no había motivo para modificar el escudo de armas de nuestra familia, aunque en privado había decidido agregarle una olla con monedas de oro brillando al final del arcoíris.

Era un descubrimiento afortunado, pero estaba cargado de complicaciones. Existían varias cuestiones técnicas pendientes de resolver; la búsqueda de explicaciones demandaba bastante tiempo. Considerando que además había una vida nueva que dependía de mí, ya podrán imaginarse lo ocupada que me encontraba, jalando recuerdos de las reuniones familiares en los tres minutos que tenía libres antes de dormir.

Entonces me preguntaba: ¿acaso alguno de los abuelos dio a entender en alguna reunión familiar que había un *pequeño* misterio en nuestros orígenes? ¿Algún tío había hecho cierto guiño en las ocasiones que se tocaba durante la sobremesa el tema de los tesoros, o quizá los días de lluvia en los que se asomaba el arcoíris? ¿Alguna vez en las anécdotas familiares mencionaron la debilidad sentimental de cierta bisabuela por los seres de baja estatura, orejas puntiagudas y cartera abultada, sin tomarse la molestia de investigar que los pretendientes fueran humanos después de pasar la mirada por sus cuentas bancarias?

Mientras tanto, y en silencio, el perfil de Bebé seguía gritando el secreto frente a todos, aunque nadie lo percibiera. ¿Cómo era posible que solo yo fuera capaz de escucharlo?

Así fue como pude comprobar que existe un lazo invisible y profundo entre madres e hijos, una conexión más allá de lo comprensible. De cualquier modo, necesitaba compartir lo que tenía entre manos con una mente que fuera lo suficientemente abierta, libre de prejuicios y dispuesta a recibir disparates en sus oídos como si fuera el pan de cada día.

Entonces recordé que el destino quiso que mi embarazo coincidiera con el de una amiga que vive en el norte del país. Aunque pocas veces podemos vernos físicamente, debido a la distancia, con ayuda de la tecnología nos comunicamos como si fuéramos vecinas.

Ella tenía un par de semanas de ventaja en la gestación, por lo que prácticamente nuestras hijas nacieron casi de la mano, apenas distanciadas por algunos días. Vale la pena aclarar que siempre me ha parecido que la vida es más completa y tiene mayor riqueza cuando se comparte con amigos que sostengan puntos de vista diferentes al propio, o que hayan recorrido trayectorias fuera de lo común. Creo que tiene poco sentido relacionarse con personas que parecen clonadas y desprecian la diversidad que ofrece la naturaleza.

Mi amiga se desempeña por turnos como profesora, madre y científica. Exhibe una marcada tendencia a enfocarse en los puntos de vista poco explorados, quizá debido a su formación profesional. Cuando me aventuré a compartirle que me parecía, más allá de cualquier duda, que Bebé guardaba un extraño parecido con los duendes, ella ni siquiera parpadeó, sino que con toda la sangre fría que pueda imaginarse me pidió que le mandara fotos de mi nena desde el ángulo que mejor probara mis suposiciones.

Como puede esperarse de cualquier científica reconocida, mi amiga recibió las fotos y se abstuvo de darme una respuesta inmediata o que aventurara su veredicto en cualquier sentido. Simplemente recolectó la evidencia y la analizó con lupa mientras vestía una bata y permitía que su espíritu hiciera contacto con las esferas en donde habita la *Blanca Verdad*. Mientras mi amiga realizaba excursiones hacia territorios lejanos, aproveché el tiempo para sumergirme en otro increíble descubrimiento.

Por aquel entonces comencé a platicar con una señora de mayor edad, una amable mujer que vive en la colonia y que festejaba la llegada de su nieto. Intercambiamos puntos de vista sobre los nacimientos.

Dejando a un lado nuestro ánimo festivo, y ante nuestro asombro por la manera en que la corriente de la existencia se renueva, decíamos que matrimonio, mortaja y maternidad del cielo bajan. En tales temas, nos parecía válido hacer nuestros mejores esfuerzos para acelerar o postergar su llegada a nuestras vidas, pero había cierto toque misterioso que estaba más allá de nosotros en el momento decisivo. En ese punto, nuestra voluntad poco importaba.

Como no siempre sostengo diálogos con personas vivas, sino que tengo por costumbre brindarme la oportunidad de expandir mis horizontes hasta ultratumba, igual que cualquier miembro decente del género humano, en esta ocasión me permito invitar a Darwin para que tome asiento entre nosotros. Hablando de difuntos que permanecen vigentes a través de sus palabras, también me permitiré citar alguna idea perteneciente a Carl Sagan. En este momento comienza nuestro contacto.

Según el señor Darwin, en la línea de la evolución somos parientes lejanos de los chimpancés, lo cual puede generar cierto malestar o inconformidad entre algunas personas.

Cabe hacer notar que Darwin se queda corto en comparación con el señor Sagan, y ahora explico de qué manera: Carl Sagan realiza un viaje cósmico, yendo más allá del género humano, hasta hacernos notar que somos polvo de estrellas. Resulta que su idea es aceptada por rozar lo poético y colgar nuestros orígenes de alturas elevadas, al menos a simple vista. Tomándome la libertad de jugar con las implicaciones de su afirmación, en este universo, a pesar de su vastedad y complejidad, todos estamos vinculados de maneras que no alcanzamos a concebir.

Por lo tanto, no es descabellado asegurar que, bien analizado, si el universo tiene un origen común y estamos hechos de la misma materia, entonces al final del día, los humanos terminamos por ser parientes en mayor o menor grado tanto de las estrellas como de los chimpancés y también de los duendes, como acabo de acreditar.

Sin embargo, mi argumento no tuvo mayor aceptación en los oídos de mi amiga científica, aunque se tomó el tiempo necesario para realizar las notas correspondientes y me aseguró que los procesos de la ciencia son complicados.

De cualquier modo, me comentó que lo ideal sería integrar un comité de especialistas para tener una opinión objetiva de mi hipótesis, desde el mayor número de puntos de vista. Dicho comité estaría integrado por algún antropólogo, quizá una genetista, no estaría de más la ayuda de alguien que practique la filosofía y podría ser que hasta se convoque a un representante de las ciencias ocultas.

En su ánimo de hacerme ver que estaba abierta a cualquier discusión, opinó que podría considerarse que cualquier bebé tiene un extraño parecido con los hoyos negros, en el sentido de que absorben todo lo que les rodea.

Además, a medida que los objetos se acercan a ellos en lo que se denomina el horizonte de eventos, es evidente que se altera la percepción del tiempo, ya que las madres tienden a pensar, por ejemplo, que llevan una hora alimentando a su bebé cuando en realidad apenas han transcurrido diez minutos.

Desilusionada por la lentitud en los avances de la ciencia, cierta noche me acosté junto a mi nena para explicarle un par de asuntos. Puse a sonar un tango y encendí el proyector de luces. Un montón de estrellas aparecieron reflejadas en el techo de la habitación; era como tener nuestro propio firmamento, diseñado para que solo estuviéramos ella y yo, conociéndonos.

Mientras mi mano envolvía la suya con la calma necesaria para irme acostumbrando a su compañía, sentí que el aire a nuestro alrededor se cargaba de una sustancia extraña, similar a la que rodea las epifanías. Una voz misteriosa que flotaba en el ambiente realizó un par de giros hasta que aterrizó en mi cabeza. Haciéndose pasar por una voz amiga, me hizo que observara los detalles del rostro de mi hija.

Vi con absoluta claridad sus ojos, su cabello, sus orejas, su barbilla… y en esa ocasión aquella voz me susurró:

Mira qué linda es, ¿no te parece? Es una maravilla que algo tan pequeño y bien formado haya salido de tu vientre. Sería una lástima que tuvieras un solo bebé… dime, ¿acaso no te gustaría escribirle nuevamente a la cigüeña para encargarle otro?

Los textos de Guadalupe Becerra presentan escenas dotadas de una gran imaginación. A través de un lenguaje ameno, la autora parte de la rutina para revelar mundos en donde las posibilidades bailan al ritmo del humor, así como de lo inesperado.

www.coffeebooks.com.br

Made in the USA
Columbia, SC
20 April 2023

15220243R00057